Yves Viollier

Né en 1946 en Vendée, fils d'un menuisier, Yves Viollier a publié en 1984 son premier roman, *La chasse aux loups,* suivi en 1985 du *Grand Cortège.* Après la publication de *Jeanne la Polonaise* (1988), il rejoint l'école de Brive, et écrit, entre autres, *Par un si long détour* (1992), *Les pêches de vigne* (1994), *Les saisons de Vendée* (1996), *L'étoile du bouvier* (1998), *Notre-Dame des Caraïbes* (2000). Professeur de lettres, critique littéraire pour *La Vie,* Yves Viollier vit avec sa femme et ses deux filles à La Roche-sur-Yon.

LE CHEMIN DE FONTFROIDE

DU MÊME AUTEUR
CHEZ POCKET

LES PÊCHES DE VIGNE

LES SAISONS DE VENDÉE

1. LES SAISONS DE VENDÉE

2. L'ÉTOILE DU BOUVIER

LA MALVOISINE

YVES VIOLLIER

LE CHEMIN DE FONTFROIDE

ROBERT LAFFONT

ISBN 2-266-10384-9

Par quelque porte que je sorte du logis, et de quelque part que je tourne les yeux en cette agréable solitude, je rencontre toujours la Charente, dans laquelle les animaux qui vont boire voient le ciel aussi clairement que nous faisons. Cette belle eau aime tellement cette belle terre qu'elle se divise en mille branches, et fait une infinité d'îles et de détours afin de s'y amuser davantage et quand elle se déborde, ce n'est que pour rendre l'année plus riche et pour nous faire prendre à la campagne ses truites et ses brochets qui valent bien les crocodiles du Nil et le faux or de toutes les rivières des poètes.

GUEZ DE BALZAC

Je ne connais qu'un lit avec une seule femme dedans
Qu'une maison, qu'une rue, qu'une rive et qu'un fleuve...
Et ne demande que d'y rester
Pendant dix mille années encore
Entre ma cour et mon courrier.

PIERRE BOUJUT

I

LE MYSTÈRE DE FONTFROIDE

1.

Les peupliers sont alignés en rangs par cinq sur trois côtés de la prairie de Fontfroide. Ils bavardent jour et nuit, ressassant leur chant du monde. C'est qu'ils ont trouvé leur terre dans la vallée mouillée où ils montent la garde autour du jardin et des bâtiments du domaine. Gaby Chauvet n'avait pas son pareil pour les élaguer.

— Je vais étausser les carolins ! disait-il, rappelant sans le savoir leur Caroline originelle.

Il refusait les crampons et les sangles. Il assujettissait son grand corps de maigre à l'arbre, embrassait le tronc, et montait comme propulsé par un ressort : les bras, les jambes, les bras, les jambes. Il s'installait à califourchon et sciait les basses branches pour donner de la hauteur à la ramure.

Les vents, courant décembre, lui promettaient un malin plaisir. Il aimait les violentes rafales hurlant dans les mâtures, les squelettes craquants, les têtes de carolins courbées dans un ciel de cendre. Il sortait alors de la petite maison de sa mère, la Ménie, la scie fixée à la ceinture. Son éternel sourire étrange découvrait ses grandes dents. Il marchait à longs pas, la tête en arrière, suivant des yeux les mouvements de la bourrasque. Ménie le poursuivait.

— Biel, n'y va pas ! Tu vas trouver la mort !

Elle préférait ce diminutif de Gabriel au Gaby employé dans le village.

— Biel, tu as oublié ta vareuse !

Elle tendait le vêtement de futaine vers les hautes et larges épaules. L'innocent consentait à l'endosser après un grognement. Il avait le visage couleur de terre. L'intempérance de son père et de son grand-père décédés de cirrhose lui était un lourd héritage. Des crises de convulsions avaient secoué son enfance jusqu'à la veille de l'âge adulte. Ménie lui donnait à croquer des graines de citrouille pour tuer les vers. Et, aux cent coups devant le dépérissement de la chair de sa chair, elle courait derrière Biel pour lui ingurgiter des cuillerées d'élixir parégorique.

À douze ans, la débilité de sa constitution l'orienta vers l'horlogerie. Il entra en apprentissage chez Merceron, horloger à Châteauneuf. Ses limites le cantonnèrent aux tâches prosaïques de balayage du magasin et de l'atelier, nettoyage des rouages, montage des poids, astiquage des boîtiers de comtoises. Une poussée de croissance le surprit aux alentours de sa dix-septième année. Il s'allongea comme un chou qui monte en tige, et ne sut que faire de son grand tronc, de ses jambes et de ses bras démesurés. Il commença à rire pour soustraire aux regards sa trop longue carcasse. À trente ans, il n'était pas marié.

Il ne semblait à son affaire que pour élaguer. Il était fier d'avoir obtenu cette charge sur la propriété de Fontfroide. Il s'en acquittait avec une conscience scrupuleuse, circulait entre les alignements de peupliers comme sur son territoire, flattait les troncs de ses grands battoirs. Sa mère le poursuivait jusqu'au pied du premier carolin.

— Tu vois bien qu'il y a trop de vent !

Il feignait de ne pas l'entendre. Il clignait des paupières vers les cimes, borné, enfonçait sa casquette, et embrassait l'arbre. Ménie suffoquait de le voir s'élever.

De qui tenait-il ces qualités de monte-en-l'air ? N'était-ce pas un autre signe d'anormalité ? Elle attendait, coite, un moment, et puis, comme la sciure blonde volait dans le vent, elle s'en allait en haussant les épaules.

La vareuse de futaine ne tardait pas à choir dans l'herbe. Et pour en remontrer à ses spectateurs, souvent des enfants et des oisifs, Gaby montait plus haut dans la houle de la ramure. Il tournait la tête de tous les côtés et criait :

— Je vois la Charente, et l'écluse du canal ! Je vois le moulin des Rivières, et les Bergeries, et Ortre !

Il lançait la nuque en arrière, dans un coup de reins à couper le souffle, et il se laissait ballotter dans les courants du vent.

La font de Fontfroide jaillit au pied du rideau de peupliers. Elle est enclose dans un bassin circulaire de pierres blanches profond et large d'un mètre cinquante. On y entrepose les grosses carpes et les écrevisses pêchées dans la Charente avant de les plonger dans l'eau bouillante. Une grande épuisette attend contre le peuplier le plus proche. L'œil d'eau luit dans une immobilité de miroir d'acier. Mais son déversoir déglutit sans cesse une tresse d'argent qui moutonne à côté dans le grand bassin rectangulaire du lavoir.

L'eau affleure la margelle inclinée où les femmes s'agenouillent, et s'échappe dans le fossé en chantant par-dessus la planche de la martelière. Un large trottoir de dalles blanches permet d'y circuler librement avec une brouette. Une table de pierre sert d'égouttoir. Un jour, le vieux Froin, de Saintonge, s'est vanté de vider le lavoir avec la pompe à bras de son moulin. La font a paru céder au début. Et elle s'est mise à donner plus vite qu'on pompait. On a fait appel à un jeune pour nettoyer le bassin comme par le passé. Les plus courageux n'y descendent pas sans y regarder à deux fois. Dès qu'ils y enfoncent leurs caleçons, ils claquent des dents et deviennent blancs comme le marbre. Ils peuvent bien raconter des plaisanteries, ils ne trompent personne.

On entend la musique de l'eau de la terrasse de Fontfroide lorsque les vents soufflent du sud. Et les gens assis sur le banc du perron dans les parfums de la glycine disent :

— Lorsque Fontfroide tarira, la Charente ne coulera plus.

La Ménie n'a pas passé une semaine depuis ses treize ans sans s'agenouiller devant la margelle déclive pour la lessive. C'est l'eau de Fontfroide qui lui a donné les mains rouges. En hiver, il lui est arrivé de casser la glace pour laver. Elle ne trouve pas l'été moins dur quand, par une chaleur étouffante, elle garde les mains dans l'eau glacée toute la journée.

— Peut-être que mes mains seraient plus vilaines, si l'eau n'était pas bienfaisante ! disait-elle en ouvrant ses doigts gonflés et déformés.

La source a, dit-on, des vertus curatives pour l'arthrite et l'arthrose…

Elle poussait sa brouette à claies de laveuse hors de la cour de sa petite maison, le 12 juin 1856. Cette date devait rester gravée dans sa chair en lettres de feu. Il était autour de deux heures. Ménie n'était pas sûre d'avoir entendu sa pendule sonner. Mais elle se rappelait avoir surpris son premier chant de cigale de l'été alors qu'elle s'avançait sur le chemin entre le cimetière et le haut mur des Berton. Elle s'était arrêtée dans le soleil pour écouter, et avait été convaincue que la chanteuse lançait son appel brûlant à partir de l'un des cyprès de l'ancien cimetière. Elle avait repris les poignées de sa brouette chargée de son seul gilet et de sa faucille. La brouette ne lui était pas indispensable, puisqu'elle s'en allait fauciller dans les vignes. Mais elle en avait tellement l'habitude, son attelage était devenu une partie d'elle-même. Et puis elle aurait peut-être le temps de couper de l'herbe à lapins en fin de soirée.

Elle prit à droite, au bout de la place de l'église, le chemin des Rivières. Le chat gris des deux sœurs Thaïse et Joséphine était étalé sur les tuiles du mur de leur cour.

Thaïse avait cinq ans de plus que Biel, Joséphine sept. Bien souvent Ménie lui avait dit :

— Pourquoi tu n'épouserais pas une des sœurs ?

Biel avait haussé les épaules et s'était fendu de son habituel sourire niais.

L'essieu de la brouette qui gémissait se mit à crier devant le four communal, près de l'ouche des Charbonnier. Amédée Charbonnier était déjà embauché dans sa vigne avec son domestique. Celui-ci salua Ménie de la main. Elle fut distraite par la jonchée de rameaux de vigne faucillés entre les rangs et ne vit pas arriver un chariot au grand galop tiré par deux chevaux dont la sueur moussait au bord des harnais. Les roues frôlèrent sa brouette. Cinq gros muids, fixés sur le haquet, répandaient un sillage odorant d'eau-de-vie.

L'idée d'un accident au croisement de la place suffoqua Ménie. Elle écouta, n'entendit rien d'autre que le martèlement des chevaux qui s'éloignait. Le conducteur debout, le fouet à la main, un chapeau noir sur la tête, traversait, à tombeau ouvert, le bourg de Martignac. Elle se retourna vers la vigne de Charbonnier, la main à son caraco, parce que son cœur sautait dans sa poitrine. Les deux hommes faucillaient comme si rien ne s'était passé. Elle haussa les épaules, défit en frissonnant encore un bouton de son caraco pour donner de l'air à ses seins qu'elle avait gros et déclara à voix haute :

— Je viens de voir passer la mort de près !

Le couinement de la roue reprit, réveilla l'ombre des cèdres bleus au croisement du chemin de Fontfroide. Ménie fut étonnée de découvrir clos le portail charretier du porche. Les petits buis soigneusement taillés le long du mur exhalaient à la chaleur une entêtante odeur d'urine de chat. Les pignes sculptées au sommet des piliers prenaient le soleil de plein fouet.

Elle abandonna sa brouette près du buis en grimaçant. À cinquante ans, elle était encore au faîte de sa puissance. Elle était grande, osseuse, elle avait les fesses carrées, les ballottements de ses seins de veuve surgissaient dans les rêves de plus d'un. Elle poussa la lourde porte piétonnière avec l'idée de dire :

— Eh bien, qu'est-ce qui se passe ? Vous avez vu l'heure ! On ne travaille pas aujourd'hui ?

Le silence lui rentra les mots dans la gorge, et elle s'immobilisa dans l'ombre du passage couvert. Un bâton de châtaignier avait été abandonné contre le mur. Elle le reconnut pour être celui de la vieille Léopoldine, et s'en empara. Le logis neuf dressait son imposante façade de moellons dorés dans le soleil. C'était une solide construction de dix-huit ouvertures réparties sur trois étages, les plus hautes sous les tuiles étant plus petites. Un large escalier de huit marches taillé dans le haut soubassement en perron conduisait à la porte d'entrée dont le linteau portait gravée la date de la construction : 1851.

Ménie tendit l'oreille qu'elle avait fine. Elle entendit la voix de la font. La chaîne se balançait sur le puits au milieu de la cour en heurtant la margelle. Un mouvement dans la maison la décida à sortir dans la lumière. Elle longea le bâtiment désert du templier à arcades qui servait d'habitation pour les vendangeurs. Les portes des chais et de la brûlerie, en face, étaient fermées. Elle gravit, intriguée, les marches de l'escalier de pierre.

Le chien Noiraud surgit de la porte ouverte de la cuisine et, reconnaissant Ménie, se dressa en feulant. Un étranger aurait eu peur de sa haute taille et de sa gueule ouverte de dogue bâtardé. Mais Ménie connaissant la gentillesse de l'animal le repoussa distraitement.

— Qu'est-ce qui te prend, Noiraud, tu as perdu la tête ?

Les babines du chien effleurèrent sa robe qui balayait la poussière, y laissant un filet de bave, et il aboya de nouveau plaintivement. Elle frappa le bois de la porte ouverte avec son bâton en disant :

— M'est-il permis d'entrer ?

Et elle se figea en statue de sel. Elle dirait plus tard qu'elle avait senti ses cheveux se dresser sur sa tête, et qu'elle s'était dit : « Ce n'est pas vrai, Ménie, tu vis un mauvais rêve ! » Mais le chien continuait de feuler à la mort à ses pieds.

Léopoldine Dupas, la vieille maîtresse de Fontfroide, était assise dans son fauteuil de paille à haute têtière au bout de la lourde table de cuisine. Elle regardait Ménie de ses yeux doux de bonne femme. Elle paraissait sourire, les lèvres entrouvertes. Mais elle s'était effondrée, la joue dans son assiette pleine de daube, la sauce avait commencé de figer autour des morceaux de viande et de carottes.

Les autres ne s'étaient pas rendus sans combattre. Ils avaient tous quitté la table. Ambroise, le journalier, était couché tout de son long aux pieds de Ménie, près de sa chaise renversée. L'orteil dressé dans le trou de son chausson de feutre, la bouche ouverte sous la moustache, il semblait cloué par une extraordinaire surprise.

— Qu'est-ce qui diable s'est passé ? murmura Ménie, et sa voix résonna comme dans un tombeau.

On aurait dit qu'un tourbillon mortel avait traversé la maison sans rien y déranger. La porcelaine Renauleau jaune et bleu était alignée sur le grand vaisselier de noyer Louis XIII. Un bouquet de roses était posé sur la crédence du buffet de cerisier. Le rond doré du balancier scintillait de tout son cuivre frotté derrière l'ovale de la pendule.

— Mon Dieu ! gémit Ménie.

Et elle bougea. Elle se pencha sur Ambroise, lui toucha la joue qu'elle trouva encore tiède. Elle aperçut, à travers les pieds de la table, la petite servante de seize ans, Brigitte, dans la pénombre du potager. La petite s'était laissée descendre tout doucement le long de la faïence bleue avant de s'accroupir sur les carreaux de terre cuite entourant la cheminée. Son bonnet avait glissé. Une longue mèche de cheveux châtains s'était échappée de son chignon. Elle mangeait généralement debout auprès des fourneaux, et elle avait pris soin de poser son assiette de daube et son verre de vin rouge au coin du potager.

Ménie caressa aussi sa joue tiède, et ses doigts tremblèrent.

— Mais ils n'ont rien. Qu'est-ce qui leur est arrivé ?

La porte de derrière était entrebâillée. Le chien s'y engouffra le premier comme pour lui montrer la voie. Angéline, la fille de la vieille Léopoldine, était là, effondrée sur la grande terrasse à colonnades. Ses cotillons relevés montraient ses énormes cuisses blanches comme de la crème. Angéline n'était pas une petite femme. Elle atteignait le quintal à la fin des repas. Et lorsque sa voix s'élevait, on avait peine à croire qu'il s'agissait d'un timbre de femme. Elle avait dû lutter. Elle avait renversé sur les dalles la table de jardin en fer et les trois chaises. Ménie porta les mains à sa bouche et retint un hurlement.

Elle se retourna : Noiraud aboyait plus loin dans l'allée de graviers de Charente autour de la silhouette étendue de Joseph, le domestique. Elle crut voir bouger son bras, et se précipita. Il n'était pas mort, en effet. Il s'était effondré, la face contre terre, et essayait de se relever. Il enfonçait ses doigts dans les cailloux. Elle le retourna, le prit dans ses bras comme un enfant.

— Joseph ! Joseph ! Qu'as-tu ?

Mais Joseph était en très mauvais état. Sa figure mouillée de sueur avait une blancheur de nacre. Son nez était pincé. Ses yeux noirs chaviraient. Elle comprit qu'il voulait parler.

— Qu'est-ce que tu dis, Joseph ?

Elle approcha l'oreille, trouva à son haleine une curieuse odeur de noyau, ne perçut qu'un murmure. Elle entrevit alors sa langue et ses gencives, rouge sang, chercha son mouchoir dans sa poche de tablier pour lui essuyer le front. La main de Joseph lui agrippa le poignet comme si elle voulait lui indiquer quelque chose. Ses doigts serrèrent comme un étau.

— Aïe, lui dit-elle, tu me fais mal !

Une convulsion le secoua. Il s'abandonna. Elle le souleva.

— Non, Joseph, non !

Elle lui frotta les joues avec son mouchoir, le prit sous les bras et le tira jusqu'à l'ombre de la tonnelle de lauriers-cerises. Les talons de Joseph tracèrent des traînées dans les cailloux. La fontaine de Fontfroide gazouillait sous les peupliers immobiles par-delà le jardin. Les pois de senteur exhalaient leur parfum de vanille. Ménie chancelait sur place. Les aboiements de Noiraud la réveillèrent et elle s'élança. Elle traversa la terrasse et la cuisine en contournant les morts. Elle se mit à courir au milieu de la cour, surgit de dessous le porche couvert en hurlant :

— Au secours ! Au secours ! À l'aide !

Elle ne vit personne. Elle remonta en appelant comme une folle jusqu'au bout du chemin désert de Fontfroide :

— Au secours ! Ils sont tous morts !

Elle s'arrêta à bout de souffle. Le soleil aveuglait sur le chemin blanc. Elle se rappela Charbonnier et son domestique dans la vigne et s'élança à nouveau. Les deux hommes remontaient les rangs, alertés par les cris. D'autres arrivaient aussi et elle fit demi-tour aussitôt, flanquée de Noiraud qui aboyait auprès d'elle.

— Venez vite ! Le diable est arrivé à Fontfroide !

Les cinq hommes et les trois femmes accourus découvrirent la Ménie, la figure en feu, le chemisier trempé sous le caraco déboutonné, le foulard de travers sur la tête, les yeux traversés d'éclairs de folie, et ils comprirent qu'ils devaient s'attendre au pire. Ils la suivirent jusque sous le porche. Elle se laissa aller contre le mur du puits.

— Montez, dit-elle la voix rauque, je ne peux plus.

Ils montèrent, et restèrent cloués devant la porte. Martine Blanchard esquissa un signe de croix, et ses lèvres murmurèrent une prière. Clément, son homme, l'imita à retardement. Ménie ajouta :

— Vous en trouverez deux autres de l'autre côté, sur la terrasse et dans le jardin.

Ils entrèrent, sabotèrent dans la maison et dehors.

— Il va falloir aller chercher les gendarmes, dit Ménie.

Et Amédée Charbonnier, en se retournant sur la poussière soulevée par leurs sabots :

— Nous n'aurions peut-être pas dû piétiner autour des morts.

La pendule de Fontfroide indiquait trois heures moins cinq. Amédée Charbonnier partit atteler chez lui, et il fonça bride abattue vers la gendarmerie de Châteauneuf.

Les deux pandores à cheval de la brigade arrivèrent à quatre heures et demie. Entre-temps on avait prévenu Antoine, le fils de Léopoldine, parce que Calixte Malajas, le mari d'Angéline, était absent. Il était parti depuis une semaine vendre son cognac dans les cafés et restaurants de Paris. À son arrivée, Antoine avait chassé tout le monde et tiré le verrou de la porte piétonnière, ne gardant avec lui que la Ménie. Mais tout Martignac était désormais informé de la tragédie. Les travaux s'étaient arrêtés dans les vignes. Un attroupement s'était formé sur la place autour d'Amédée Charbonnier et de Martine et Clément Blanchard qui répondaient aux questions.

L'apparition des uniformes bleu et rouge provoqua le silence. Ils chevauchaient des hongres de haute taille aux paturons et à la queue noirs, la robe moussante de sueur. Ils les attachèrent à l'anneau des piliers de Fontfroide et agitèrent sans délicatesse le heurtoir de la porte piétonnière. Ils regardèrent sans les voir les tuiles et les moellons du templier noircis par les vapeurs de cognac.

— Si les choses sont comme on nous a dit, suggéra le gendarme Lacloux à l'adjudant Lacourlis, ça pourrait faire du bruit jusqu'à la préfecture !

— Même au-delà, Lacloux, même au-delà ! répondit l'adjudant en essuyant de la main sa moustache blanchissante à la gauloise.

Antoine Dupas leur ouvrit, et ils portèrent simultanément leur doigt à leur bicorne à cocarde. L'adjudant Lacourlis balaya d'un regard de limier le porche, la cour, les bâtiments. Noiraud, là-haut, montait la garde comme à l'arrivée de la Ménie.

— Entrez, je vous en prie, messieurs, leur dit

Antoine Dupas à mi-voix, se retenant de parler trop haut.

Les deux gendarmes rubiconds, de la même courte taille, se figèrent devant la raideur souffrante d'Antoine Dupas. Lacloux, qui portait la mouche mise à la mode par l'Empereur, ressortit chercher son calepin dans sa soubretache. Il nota la brouette de Ménie le long du mur. Le fourreau de son sabre heurta les marches de l'escalier du perron.

Ménie pleurait toutes vannes ouvertes, assise sur un tabouret auprès du potager, son grand mouchoir à carreaux étalé dans son giron. Elle reprit pour Lacloux le récit commencé pour Lacourlis, se pencha machinalement vers Brigitte, la servante accroupie auprès d'elle comme si elle l'écoutait, et redressa son bonnet.

— Ne touchez à rien, madame, s'il vous plaît ! ordonna l'adjudant, le mouchoir sous le nez comme s'il se protégeait de vapeurs délétères.

Ménie se tut, ouvrit de grands yeux effrayés, et sanglota de plus belle. Les souliers des gendarmes faisaient craquer le plancher. La chaleur exaltait l'odeur du vin de la daube. Les mouches bourdonnaient. L'adjudant Lacourlis tira la porte, et l'ombre devint plus grande. Antoine entraîna les deux gendarmes sur la terrasse.

Le chat Minouche entra par l'entrebâillement de la porte du perron. Ménie, restée assise, vit luire ses yeux. Elle le vit balayer la cuisine d'un regard insensible et s'asseoir pour se lécher dans le faisceau de soleil. Elle cessa de sangloter, distraite par le chat tigré, qui se leva, s'étira. Ce chat jaune chassait sans cesse autour de Fontfroide les souris, les mulots, les oiseaux, parfois même les lapereaux. Il s'approcha prudemment d'Ambroise, renifla ses culottes, et soudain bondit sur la table. En temps normal Ménie se serait levée pour le chasser. Elle n'en eut ni la volonté ni le courage.

Le chat promena le museau au bord de l'assiette d'Ambroise, hésita, et puis lapa le jus figé. Il inclinait la tête pour mordre une bouchée de viande lorsqu'elle l'entendit miauler. Elle le vit vaciller et tomber, les pattes tremblantes, foudroyé. Elle se leva dans un grand froissement de cotillons, courut à la porte de derrière.

— Venez vite ! Venez voir !

Il était déjà trop tard pour Minouche. Des tremblements nerveux agitaient encore ses pattes, des frissons parcouraient sa fourrure. Les gendarmes le retournèrent, examinèrent son museau, ses babines.

— Méfiez-vous de ne pas vous écorcher à ses dents ! prévint le gendarme Lacloux.

Lacourlis retira prestement son doigt.

— Ça ne peut être qu'un poison mortel, mon adjudant.

— Quel poison ? Qui l'a mis ?

L'adjudant interrogea Antoine Dupas du regard. Le fils de Léopoldine les laissa dresser leur procès-verbal, bras croisés, la figure grise, des rides en étoile autour des paupières, et puis :

— M'autoriserez-vous à étendre décemment ceux qui sont morts, messieurs ? Puis-je vous demander de m'aider ?

Ménie ouvrit les chambres et les lits. Lacourlis et Lacloux portèrent en transpirant les cinq victimes par les épaules et par les pieds. Antoine ouvrit la comtoise et arrêta son balancier. Il était six heures.

Les deux gendarmes s'assirent un moment, tête nue, le bicorne sous le bras, sur le banc du perron. La chaleur avait baissé. L'ombre des bâtiments s'allongeait sur la cour. Des insectes vibrionnaient dans la glycine au-dessus de leurs têtes. Ils auraient volontiers descendu une bouteille de vin frais, voire un pichet d'eau. Mais qui prouvait que le vin et l'eau n'étaient pas empoisonnés ? Les deux militaires en sueur regardaient sans rien dire les dernières grappes mauves de glycine frissonner dans l'air de la fin d'après-midi. L'adjudant Lacourlis rebroussa les poils de sa moustache.

— Nous allons emporter le chat, et une assiette de daube. Il faudra prévenir le médecin assermenté.

Lacloux caressa la mouche de son menton.

— Oui.

2.

Le commissaire Paviot, prévenu par une estafette de la gendarmerie, arriva d'Angoulême le lendemain matin. La nuit avait été pénible à Martignac. Les esprits tournés vers Fontfroide avaient été hantés de rêves sinistres. Et tous les gens, mal réveillés de leurs cauchemars, virent avec satisfaction apparaître la berline noire de l'officier de police au sommet de la côte du Rompi. Les fils de fer des vignes scintillaient dans les premiers rayons du soleil. Les corneilles quittaient le dortoir du clocher de l'église.

La berline vernie à quatre roues, tirée par deux chevaux rouans, bringuebalait entre quatre gendarmes dont Lacourlis et Lacloux. Le martèlement des sabots, le grondement des roues cerclées de fer emplirent le village et s'éloignèrent sur le chemin de Fontfroide. Les crottins de la veille commençaient de sécher devant les piliers à pignes. Cavaliers et voiture entrèrent sous le porche et refermèrent aussitôt le portail.

Le commissaire Maxime Paviot, l'unique passager de la berline, était le fils d'Adolphe Paviot, député de la Charente à la Convention. Le conventionnel avait été emporté par la charrette en thermidor au moment de la naissance de son fils. Il avait souhaité appeler son fils Maximilien, par amitié pour l'intransigeant Robespierre. La mère, une lingère, avait pris le risque, par amour, de lui donner le prénom désiré en raccourci.

Est-ce par réaction ? Maxime, élevé dans la misère, cultiva en grandissant une sainte horreur des désordres populaires. Les récits des victoires de Bonaparte l'enflammèrent, et il rêva de grandeur. Il rejoignit la Grande Armée pour ne connaître que la désillusion d'une bataille dans l'artillerie : Waterloo. De retour à Paris, il refusa de servir un pouvoir installé par l'ennemi anglais et sauta dans la police, devint inspecteur principal et, après la mort de sa mère, opta pour le lointain pays de son père.

Il arriva à Angoulême et, à sa grande surprise, s'y trouva bien. Il y rencontra la fille d'un notaire de l'Houmeau, et l'épousa. Ils habitaient un hôtel particulier rue des Trois-Fours près des remparts, fréquentaient la bonne société angoumoisine, étaient reçus par le préfet, le maire, le directeur de la poudrerie, de la fonderie, des papeteries.

À cinquante ans passés, Maxime Paviot était donc devenu un notable, et se flattait d'avoir remis de l'ordre dans le département de la Charente. Il était intervenu rudement contre des embryons de sédition à Angoulême et aux tanneries de Sireuil lors des événements de 1848. Il s'était senti gagné par une nouvelle jeunesse à l'annonce des élections de décembre : le prince Louis-Napoléon l'emportait avec soixante-quinze pour cent des voix ! La victoire du neveu de l'Empereur cicatrisait la blessure encore vive de Waterloo. Le chef de la police charentaise, renforcé dans ses convictions, exigeait depuis la traque sans merci de tous les abcès de désordre. Les cinq morts de Martignac étaient donc pour lui une catastrophe insupportable, nuisible à l'enthousiasme général et à la prospérité du pays.

Maxime Paviot descendit dans la cour de Fontfroide en pestant contre les cailloux de Charente qui blanchissaient ses bottines noires. Il portait redingote, gibus à longs poils, et gants gris souris malgré la chaleur déjà pesante. Il demanda à voir les victimes et, après leur avoir examiné sans délicatesse les paupières et les gencives, il mit en ordre de bataille les trois jeunes inspecteurs arrivés avant lui. Il s'assit sur le banc du perron, le gibus à côté de lui, épongea son grand front dégarni, moucha son nez en lame de faux, glissa dans sa bouche comme un trait un petit cigare.

Les inspecteurs passèrent la cuisine au peigne fin, chargèrent dans le coffre de la berline les assiettes de daube, les flacons, les bocaux, les boîtes de sel, de poivre, d'épices rangées dans les placards. L'autopsie de Minouche ne suffit pas à Maxime Paviot. Il réquisitionna une voiture et ordonna qu'on emporte Ambroise et qu'on l'ouvre en deux, pour le plus grand désespoir de la femme du mort qui criait en s'arrachant les cheveux :

— Vous allez me le tuer une deuxième fois !

Les inspecteurs entendirent tous les témoins cités par Ménie. Ils enregistrèrent au mot près chacune de leurs dépositions, relevèrent les contradictions dans les détails d'heure, de circonstances, de positions des victimes. Des confrontations furent organisées dans les maisons de Martignac. Maxime Paviot s'en mêlait et demandait soudain en consultant les fiches de son adjoint :

— Comment se fait-il que vous nous ayez affirmé le contraire ?

Les malheureux habitants de Martignac, rougissant, bafouillant, comprenaient ce qu'il en coûte, et les risques encourus, à être livrés aux curiosités d'une telle police.

Le grand remue-ménage organisé par Maxime Paviot dura trois jours, et le bruit circula — lancé par qui ? — à travers le village que l'analyse de la daube, du chat Minouche et d'Ambroise révélait une présence de cyanure à tuer un cheval. Le permis d'inhumer fut alors accordé. Il était temps. La grosse chaleur avait des effets perceptibles sur les chairs corrompues. Des nuées de mouches vrombissaient. Une douceâtre odeur de mort planait autour de Fontfroide. Cela n'empêchait pas les visites mortuaires. Au contraire, une sorte de curiosité olfactive malsaine les encourageait.

— Cette odeur d'amande amère, constataient les visiteurs, c'est celle du cyanure, l'acide prussique.

Le glas de l'enterrement sonna le 16 juin à trois heures de l'après-midi. Deux articles avaient suffi, l'un dans *L'Écho du Cognaçais*, l'autre dans *Les Nouvelles de la Charente*, pour déplacer aux funérailles une foule venue de Cognac, d'Angoulême et même d'au-delà. On disait que des journalistes de Bordeaux et de Paris avaient fait le déplacement. On vit un illustrateur croquer Fontfroide et l'église de Martignac sur sa planche à dessin.

On compta trois mille personnes sur la place de Martignac qui n'avait jamais connu pareil rassemblement populaire dans toute son histoire. Le désordre fut considérable. Les voitures de toutes races, cabriolets, tilburys, chars à bancs, se mélangèrent de chaque côté de la route de Châteauneuf, jusqu'au sommet de la côte du Rompi, et s'accumulèrent derrière l'église jusqu'au premier pont. Un grondement sourd montait de la cohue en mouvement vers l'église, dominé parfois par des querelles de cochers et des hennissements de chevaux. La chaleur était lourde. Le soleil brûlait dans un ciel moutonné de nuées nacrées, bienfaisantes lorsqu'elles apportaient de l'ombre.

Un voile de poussière restait en suspens au-dessus de la foule. L'unique cloche de la petite église romane eut du mal à faire entendre sa voix grêle dans ce vacarme de foire. Les domestiques en blouse se mêlaient aux petits vignerons vêtus de pantalons et vestes de chanvre et de lin. Les gros propriétaires en habits bourgeois s'interpellaient et se regroupaient. Quelques grands notables se remarquaient à leurs jaquettes et leurs cravates blanches. Les paysannes portaient des coiffes à rubans et des bonnets à capot. Les dames en robes à tournure se protégeaient le teint sous des ombrelles. Des grouées d'enfants se bousculaient pour être plus près.

Enfin l'enfant de chœur parut sur le chemin de Fontfroide, portant la lourde croix d'argent, puis l'imposant curé Guignabert en chape noire, et le silence gagna peu à peu la foule. Les hommes se découvrirent.

Le premier corbillard, celui de Martignac tiré par un cheval boulonnais, cmportait les cercueils de chêne de Léopoldine et de sa fille Angéline, fleuris de gerbes et de couronnes rouges. Le second avait été emprunté à la commune voisine. Un plumet de casoar lui manquait. Les trois serviteurs, Ambroise, Brigitte et Joseph y étaient serrés, deux dessous, un dessus, dans du bois de peuplier fleuri de quelques bouquets.

Antoine Dupas venait devant, pâle comme la mort, marchant comme un somnambule, accompagné de sa femme.

— Il s'entendait bien avec sa sœur et sa mère, murmuraient les femmes. Il ne passait pas de semaine sans venir les voir.

— Il n'est pas bien costaud, cet homme ! Il ne faudrait pas qu'il lui arrive malheur à son tour !

Une chose rendait cette sépulture encore plus étrange, c'était l'absence de Calixte Malajas, le mari d'Angéline.

— Ils ont envoyé des dépêches à Paris, mais vous connaissez la bougeotte de Calixte. Il n'a pas dû les recevoir. Il était parti pour deux semaines.

— Vous imaginez sa surprise quand il arrivera à Fontfroide ?

— Il paraît qu'Angéline et lui ne s'entendaient pas très bien…

Le Calixte, ainsi qu'on l'appelait dans le pays, n'était pas réputé pour sa tendresse et il avait des ennemis. Tous ses employés redoutaient ses colères. On l'avait vu entre deux vins étendre raide d'un coup de poutre de pressoir un vendangeur qui traînait à l'ouvrage. Par chance, le malheureux avait recouvré ses esprits.

La cérémonie se déroula dans un recueillement impressionnant malgré l'affluence. Le curé Guignabert monta en chaire et sa voix tonna jusque sur la place pour un commentaire sur le cinquième commandement : « Tu ne tueras point. » Le visage rouge brique, transpirant sous le poids de la lourde chape, cet homme solide, profondément affecté par les désordres qui frappaient sa paroisse, prononça des paroles de paix. Il recommanda de ne pas ajouter la souffrance à la souffrance en se mêlant de jouer les apprentis justiciers.

Le défilé de l'offrande dura plus d'une heure, et encore beaucoup renoncèrent à entrer dans l'église pour toucher les cercueils et déposer quelques sous dans les corbeilles. Le convoi s'ébranla vers le nouveau cimetière transporté depuis quelques années au milieu des vignes à la sortie du bourg. Les gendarmes, à pied, à cheval, canalisèrent la foule. Ils barrèrent l'accès à Fontfroide par souci de sécurité. Le café Brissot au coin de la place ne désemplit pas. Thaïse et Joséphine, en face, avaient ouvert leur portail et invité les femmes à se désaltérer à la pompe. Elles avaient approché une table et des chaises de jardin, sorti des verres. Une jeune femme inconnue, en longs gants blancs, était entrée dans leur cour en se plaignant d'éblouissements, et elles l'avaient assise à l'ombre sous le prunier.

La soirée s'avançait. L'heure était au délassement. Ménie revenait du cimetière en s'appuyant au bras de son Biel. Le flot de la foule se faisait moins dense. La laveuse était épuisée par ces quatre jours. Les images effroyables de Fontfroide dansaient sans cesse devant ses yeux. Et, à tort ou à raison, elle sentait peser les regards sur elle. Ils ne l'accusaient pas, mais disaient : « C'est elle, la Ménie, la laveuse, qui les a trouvés. »

Elle avait du mal à supporter d'être devenue cette triste vedette. Elle dit à son fils :

— C'est gentil, mon Biel, de rester avec ta mère. Nous allons rentrer, je réchaufferai la soupe, et je me coucherai.

Coiffée de sa kichenotte de percale, elle arrondissait les épaules comme lorsqu'elle poussait sa brouette. Ils traversèrent la place à petits pas. Ménie posa à son fils cette question surprenante :

— As-tu entendu chanter la cigale ?

Ils passaient le coin du mur du voisin, allaient tourner

dans leur venelle, lorsqu'un peloton de douze bicornes les enveloppa. Les gendarmes se précipitèrent sur le fils qu'ils séparèrent de la mère. Ménie se mit à crier :

— Biel ! Biel !

Les chars à bancs bouchonnaient sur la route au bord de l'église. Les conducteurs et les passagers se dressèrent pour voir ce qui se passait. Trois gendarmes, l'arme au poing, interdisaient l'entrée de la venelle. Les autres passaient la corde aux poignets et aux chevilles de Biel qui ne se défendait pas. La berline noire de la police surgit soudain de derrière l'église, et quatre gendarmes à cheval lui frayèrent un passage. Le commissaire Paviot, droit comme un i sur la banquette à côté du cocher, le gibus enfoncé jusqu'aux sourcils, ordonna aux gendarmes de transporter leur prisonnier. Ils le basculèrent à l'intérieur de la berline, montèrent à côté de lui, claquèrent la porte. Les gendarmes à cheval lancèrent leurs montures sur la route.

— Rangez-vous ! Laissez passer !

La berline sortit du bourg de Martignac, gravit la côte du Rompi. Ménie continuait de crier :

— Au secours ! Au secours ! Ils ont enlevé mon fils !

L'intervention des hommes de Maxime Paviot avait été si rapide que personne n'avait pu aider la malheureuse, à supposer que quelqu'un en ait eu le désir. Des affaires de la plus haute importance semblaient soudain solliciter les gens. La circulation les obnubilait, et ils n'entendaient plus les cris de la Ménie qui déchiraient pourtant les oreilles. Les cognes heureusement la conduisirent à sa maison et l'y enfermèrent.

Maxime Paviot avait mené son enquête tambour battant. Il faut dire qu'il n'avait pas grand mérite. L'identification de l'acide prussique dans la daube de Fontfroide avait tout de suite orienté les pensées vers Gabriel Chauvet.

Le fils de la Ménie n'était pas devenu horloger. Son esprit mou n'était pas capable de se concentrer sur les roues dentées et les équilibres pour comprendre les systèmes d'horlogerie. Et surtout sa cervelle naïve était rébarbative à la notion du temps. Il vivait dans l'instant, comme un enfant. Il lui était donc impossible de régler les machines susceptibles de le mesurer.

Il avait effectué trois années réglementaires d'apprentissage chez l'horloger de Châteauneuf, puis en avait ajouté une quatrième, et une cinquième, sans résultat. Il en était ressorti comme il y était entré, mais devenu grand et fort, il fut employé aux travaux des vignes ne requérant que des muscles. Il lui était pourtant resté de ses années d'apprentissage un goût pour les pendules, et la brave Ménie lui avait aménagé un semblant d'atelier dans l'appentis de son courtil.

Les gens de Martignac ne lui confiaient pas leurs belles pendulettes et cartels alors à la mode. Ils l'appelaient pour les nettoyages des grosses comtoises a priori destinées à ne jamais tomber en panne. Il avait insisté auprès de sa mère pour obtenir une bonbonne de cyanure employé pour le nettoiement des horloges. Il avait souvent pratiqué ces brossages à l'acide chez son patron. Merceron lui avait répété les dangers de ce poison foudroyant, en exigeant qu'il nettoie les bacs soigneusement et qu'il se lave les mains au savon après usage. Pour Gabriel, la possession de cyanure dans son appentis était la condition indispensable à la reconnaissance de son statut d'horloger. Sa mère céda, en commanda à la droguerie, exigea que la bonbonne de poison fût rangée hors de portée sur la plus haute étagère. Elle lui ceignit le col de plusieurs tours de laine pour éviter toute confusion. Gabriel désignait fièrement le flacon ventru à tous les visiteurs de son atelier :

— Vous savez ce que c'est ?

Et, le sourire béat, il répétait la leçon apprise chez son patron. Le cyanure ne lui servit guère pour l'horlogerie. Martignac, par sa situation au bord de la Charente, souffrait de la cohabitation avec une abondante population ratière. Les hivers doux et humides étaient particulièrement redoutés. La Charente se laissait aller à des débordements, appelés « dérivées », inondant les basses terres, noyant les peupleraies. Les rats, chassés de leurs territoires, couraient se réfugier sur les promontoires des maisons. Ils y découvraient le confort, une nourriture abondante. Et lorsque la Charente regagnait son lit, ils préféraient leur nouveau bien-être aux dangers de leurs anciennes adresses. Chaque hiver mouillé nécessitait un printemps de dératisation.

La maison des Chauvet, l'une des plus proches de la Charente avec l'église, n'était jamais inondée, mais la dérivée mourait à quelques mètres. Les rats y installaient leur première colonie. Biel avait hérité de leur fréquentation une sainte horreur des rats depuis l'enfance. Il rageait lorsqu'il surprenait un animal en course le long d'un mur, ou lorsqu'il entendait des piétinements et des couinements la nuit sur le plancher du grenier. Si son âme innocente connaissait la haine, elle était réservée aux rats. Il les traquait avec une constance admirable, les guettait avec un bâton fourchu ou un lance-pierres, quand il disposait de temps. Il les nourrissait de grain empoisonné. Il chérissait un matou gris, appelé Pipo, auquel il communiquait sa haine, le gavant de viande saignante, le félicitant lorsqu'il le découvrait, les yeux dilatés, une proie dans la gueule.

Il avait fabriqué adroitement de vastes nasses à goulet qu'il tendait dans le Charenton, le fossé derrière la maison, à la montée des eaux. Il vidait ses pièges dans un tonneau et donnait les prisonniers à manger à Pipo. Une idée nouvelle lui vint un jour en relevant trois gros rats dans un piège en compagnie d'une tribu de gamins qui s'amusaient de sa candeur. Il leur montra la bouteille interdite sur son étagère.

— Vous allez voir !

Il alla fermer la porte de l'appentis pour éviter l'irruption de sa mère. Les trois rats tournaient au fond du tonneau. Les enfants s'étaient rassemblés, les plus petits juchés sur un tabouret et cramponnés à leurs aînés. Biel s'approcha avec sa bonbonne à collier noir et, fier de la gravité de son geste, versa de l'acide sur les rats. Les garnements les plus hardis grimacèrent, la gorge irritée par les vapeurs amères. Deux rats aux reins mouillés par le poison s'effondrèrent aussitôt. Le troisième, étonné, s'approcha prudemment de ses congénères, les renifla, leva ses petits yeux rouges inquiets vers les spectateurs autour du tonneau. Il commit la faute de se lisser le poil avec sa langue. Il se mit à battre des pattes avec un affolement désordonné, tomba sur le côté en couinant, le corps secoué par des soubresauts, et s'immobilisa. Les enfants, aux anges, battirent des mains. Gabriel, effrayé par la brutalité de sa méthode, s'empressa de chasser les enfants et remisa la bonbonne sur son étagère.

Mais les drôles lui réclamèrent le renouvellement de l'opération. Il refusa, puis céda. Le vieux Champain, son voisin, fendait du bois dans sa cour mitoyenne, et il profita de la démonstration. Bientôt dans tout Martignac le bruit courut que le fils de Ménie tuait les rats avec son produit à nettoyer les pendules.

— C'est de l'acide prussique. Il invite les drôles à assister au spectacle.

La nouvelle de ce dangereux poison dans les mains de ce simple d'esprit n'était pas pour rassurer la population.

Quelqu'un signala donc l'existence de la bonbonne au commissaire Maxime Paviot qui vint la chercher sur son étagère, et la confia à son laboratoire. Lequel reconnut sans mal un acide prussique comparable à celui de la daube de Fontfroide. Mais la culpabilité de Gabriel Chauvet n'était pas pour autant établie. L'acide prussique était en effet en vente libre dans les drogueries. D'autre part, s'il s'agissait de cet acide prussique-là, le criminel pouvait très bien s'être servi dans l'appentis des Chauvet. La présence du poison était désormais notoire. La clé qui fermait la porte était une grosse clé carrée, sans fantaisie, interchangeable avec la plupart des clés des autres appentis et resserres de la commune.

Le vieux Champain se rendit à Fontfroide, la nuit tombée, et il narra au policier la scène à laquelle il avait assisté la veille du départ de Calixte Malajas pour la capitale. Le bonhomme Champain était âgé de septanteneuf ans. Après avoir déambulé toute sa vie sur les pavés de la ville d'Angoulême avec son âne et sa charrette pour ramasser dans une cuve les eaux grasses des restaurants et nourrir les verrats du marchand Vignol du faubourg Saint-Jacques, il s'était retiré dans la maison de sa défunte mère jouxtant celle des Chauvet. Le conflit avait éclaté aussitôt entre les voisins. Ménie n'avait pas accepté les assiduités, ni probablement certains gestes, du bonhomme, et l'avait chassé de son courtil en le traitant de « vieux cochon ! », lui interdisant de franchir son seuil. Champain se vengeait depuis sur Gabriel. Il l'appelait l'Innocent.

— Salut, l'Innocent !... Comment vas-tu, l'Innocent ?... Hé, l'Innocent, l'interpellait-il avec un petit rire méchant, écoute-moi un peu...

Gabriel grimaçait. Mais sa faiblesse l'amenait à céder au bonhomme et à l'écouter. Le vieux suçait le brûle-gueule qui lui jaunissait la moustache. Parfois ses petits yeux marron, pareils à ceux des animaux qu'il avait nourris, s'enflammaient d'une lueur féroce.

Il poussa doucement la porte piétonnière de Fontfroide et entra en s'appuyant sur sa canne. Il boitait bas. Une douloureuse arthrose de la hanche le faisait souffrir et aigrissait un peu plus son caractère. Il demeura dans les ténèbres du porche et considéra les trois étages de volets clos éclairés par la lune. Le toit de tuiles scintillait comme des écailles de poisson. Il s'attendait à trouver du monde. La vieille Léopoldine et Angéline étaient encore allongées dans la chambre mortuaire derrière les volets. L'odeur d'eau-de-vie imprégnant le mur de la brûlerie le rassura. Il osa un pas. Il entendit alors une voix :

— Avancez. Je vous attendais.

La surprise le repoussa dans le noir du porche. Il distingua alors la silhouette assise sur le banc du perron. Il reconnut Maxime Paviot, vit luire la braise de son cigare. Le policier descendit les marches. La fumée de son tabac enveloppa le vieux Champain.

— Je ne savais pas que ce serait vous, dit-il, mais j'étais sûr que vous alliez venir.

Il émit un gloussement.

— Pratiquez-vous la pêche, monsieur Champain ?

— Oui, répondit le vieux, décontenancé.

— Vous savez, alors, que si vous avez lancé le bon appât à la rivière, les poissons finissent fatalement par arriver.

Il prit le père Champain par le coude, et le bonhomme sentit comme le policier avait les doigts durs.

— N'ayez pas peur, chuchota-t-il. Nous ne sommes qu'entre nous. Il n'y a à l'intérieur que le malheureux Antoine Dupas et son épouse. Ils sont tellement choqués qu'ils ne risquent pas de nous déranger. J'ai renvoyé se coucher tous les amis et les autres membres de la famille. Mes gendarmes gardent les entrées de la maison. Ils vous ont vu arriver.

Le père Champain ne bougeait pas, le bâton planté parmi les cailloux, plongé dans une profonde perplexité.

— Sauriez-vous monter l'escalier ? Nous serons bien, là-haut, pour parler…

Maxime Paviot précéda le bonhomme qui s'agrippa à la rampe de fer avec de profonds soupirs. Les marches profondes et bien d'aplomb n'étaient pas hautes. En arrivant en haut le père Champain se retourna et regarda la cour éclairée par la lune comme une fosse de théâtre. Les petits yeux des cailloux de Charente luisaient dans le fond.

— Voulez-vous un cigare ? demanda le chef de la police.

Le vieux s'étonna lui-même de son refus. Il n'avait pas le souvenir d'avoir refusé un jour quelque chose qui lui était donné.

— La police est là pour protéger les gens honnêtes et traquer les nuisibles. On ne peut pas vivre dans un monde où les voyous font régner la loi ! affirma le policier, péremptoire.

— Vous… vous ne direz pas que je suis venu vous voir ? interrogea Champain, inquiet.

— Ce n'est pas moi qui dis. C'est moi qui interroge.

Les murs avaient gardé la chaleur du jour. Le sucre

de la glycine se mêlait au tabac, et l'ensemble donnait une odeur un peu écœurante mêlée à celle qui transpirait des murs de la maison. Maxime Paviot tirait à petits coups sur son cigare. La fumée s'élevait entre eux en une nuée pâle comme leurs deux visages dans la lumière lunaire.

— Le Calixte Malajas est venu voir l'Innocent la veille de son départ à Paris, commença le père Champain d'une voix faible, de peur d'être entendu. Ils se connaissent. Le mari d'Angéline jouait en effet aux billes avec l'Innocent du temps où il n'était que le fils des domestiques de Fontfroide. Il avait son air dangereux. Il est entré dans le courtil et a crié : « Gaby ! Je sais que tu es là ! Sors ! » L'Innocent est sorti. Le Calixte portait dans chaque main un vergeat en grillage fin pour prendre les poissons et les anguilles. « Regarde ce que j'ai trouvé dans le fossé de Fontfroide ! » Il a lancé les vergeats au milieu de la cour. « Ne me raconte pas d'histoires ! Je sais que c'est toi. Je t'ai vu passer au bord du fossé, pas plus tard qu'hier. Alors, puisque c'est ainsi, je t'interdis de remettre les pieds chez moi ! Je ne veux plus t'y voir. C'est fini pour les peupliers, tu ne t'en occuperas plus. J'ai demandé à quelqu'un de le faire à ta place. Je m'en vais demain, mais ne t'avise pas d'en profiter, ou alors gare ! On me fera un rapport à mon retour ! » Il est reparti en laissant le portillon du courtil ouvert. L'Innocent s'est accroupi devant les nasses presque neuves que je l'avais vu fabriquer dans son appentis. Il a palpé toutes les entailles effectuées dans le treillis à la cisaille. Il a poussé un cri de bête blessée et s'est retourné vers sa mère : « Je vais le tuer ! Je vais tous les tuer ! »

— Attention à ce que vous dites, monsieur Champain, l'interrompit Maxime Paviot. Chaque mot est important. Vous êtes sûr qu'il a ajouté « Je vais tous les tuer ! » ?

— Comme je vous le dis, monsieur le commissaire. Ma porte était ouverte. Je crois qu'il l'a même répété en pleurnichant.

— Vous croyez ou vous êtes sûr ?

La voix du policier gronda, si dure dans la nuit qu'un oiseau couché dans la glycine s'envola.

Le permis d'inhumer fut accordé aux familles des victimes, le lendemain. Maxime Paviot frappa à la porte des Chauvet ce jour-là. Il avait le sourire aimable, et il s'informa de la santé de Ménie.

C'était le matin. La lumière était blonde. Les iris fleurissaient le pied du mur du courtil. Les poules caquetaient dans le poulailler. Ménie lui offrit un café. Il accepta et la félicita pour la netteté de sa maison.

— Ce n'est pas parce que nous ne sommes pas riches, lui répliqua-t-elle, que nous devons être sales. Je suis laveuse…

Elle prenait grand soin des vêtements de Biel, l'obligeait à se laver dans un baquet tous les dimanches. Chaque année, ils repeignaient leurs murs à la chaux pendant la semaine sainte. Maxime Paviot s'adressa soudain à Gabriel qui avait accepté de s'asseoir à la table pour boire un bol de café avec le commissaire.

— Je me suis laissé dire que vous étiez passé aussi du côté de Fontfroide, ce jour-là ?

Gabriel sursauta, décolla le bol de faïence bleu de sa bouche, et resta ainsi, le bol en suspens. Maxime Paviot ne savait rien d'un passage de Gabriel. La réaction du garçon lui donna à penser qu'il visait juste.

— Est-ce vrai ce que te dit monsieur le commissaire ? demanda Ménie.

Gabriel secoua la tête, ses gros yeux fixes effrayés.

— C'est sans importance, reconnut Paviot, et il but une gorgée. On est toujours prêt à entendre un nouveau témoin. Un détail se révèle parfois capital.

— Biel, dis la vérité, insista Ménie, tu n'es pas allé à Fontfroide ce jour-là ?

Biel posa son bol, se leva, le banc tomba.

— Biel, je sais que tu n'es pas capable de faire le mal. Si tu y es allé, il faut le dire. Je t'ai toujours appris que le mensonge était un vilain péché.

Biel reprit son bol, les lèvres serrées en une moue

boudeuse. Le café était sa gourmandise. Il en réclamait sans cesse à sa mère. Il plongea le nez dans la faïence bleue. Alors Maxime Paviot joua son va-tout.

— Vous étiez à Fontfroide avant votre mère. Vous avez été le premier à découvrir les crimes, et vous avez eu peur…

L'Innocent cilla. Une larme roula dans ses yeux. Et Maxime Paviot sut qu'il avait gagné. Il éprouva alors l'excitation des dénouements d'affaire. À cet instant, il semble que par un miracle tout ce qui était enchevêtré reprenne place. Les faits retrouvent leur fil avec une merveilleuse facilité. Les zones d'ombre s'éclairent, et le coupable se tient au bout du chemin en pleine lumière. Chaque policier attend ce moment-là comme un amant attend l'amour. Et Maxime Paviot se découvrait dans ces circonstances des intuitions dont il n'avait aucune idée l'instant d'avant. Il dit ainsi dans cet état d'excitation :

— Vous étiez dans la prairie à vous promener parmi les peupliers. Vous êtes venu vers la maison par la terrasse de derrière, et c'est à ce moment-là que…

— Je voulais demander à Angéline Malajas de me laisser continuer à m'occuper des peupliers…, articula Biel dans un sanglot.

— La grand-mère Léopoldine avait déjà le nez dans son assiette, poursuivit Paviot tirant son fil. Ambroise Chauvergne était tombé. Mais Angéline et Joseph, le domestique, étaient encore vivants…

Il pointa un doigt accusateur vers Gabriel.

— Ils vous ont vu arriver, ce qui explique qu'ils se sont dirigés vers la porte de derrière, vous ont appelé au secours, et vous vous êtes sauvé.

Gabriel Chauvet avait appliqué ses larges mains sur les oreilles et il secouait la tête en gémissant pour ne pas entendre.

— Vous savez que la non-assistance à personne en danger est un délit. Il est vrai, corrigea Paviot s'adressant à la mère effrayée, que s'il avait répondu à leurs appels, cela n'aurait rien changé. Où êtes-vous allé ? Qu'avez-vous fait ?

Et il répondit à sa place :

— Vous avez couru jusqu'à la fontaine. Vous êtes monté dans l'un de vos peupliers, comme vous savez le faire. Vous avez vu votre mère autour d'Angéline et de Joseph, et puis les autres accourus à son appel…

Biel, les mains mouillées de larmes, continuait de pousser des cris en agitant la tête comme un enfant. Sa mère passa son bras autour de son épaule.

— Est-ce que ça s'est passé comme il vient de dire, Biel ?

Il leva des yeux suppliants.

— Je ne suis pas entré. Mme Angéline est sortie. Elle ne m'a pas dit un mot, et elle est tombée. Noiraud a couru avec Joseph.

Maxime Paviot l'interrompit :

— Vous ne vous doutiez pas, madame Chauvet, que votre fils pouvait avoir été à Fontfroide avant vous ?

Ménie ouvrit la bouche. Sa gorge, ses joues, son front s'empourprèrent.

— Comment voulez-vous…, gronda-t-elle.

Paviot ignora sa colère et se leva.

— Je vous remercie pour votre café. Ainsi vous et votre fils aurez été les derniers à voir les victimes vivantes. C'est un élément à apporter au dossier. Il n'empêche, Gabriel, ajouta-t-il avec un air moralisateur, ce n'est pas bien de vous être sauvé. Quand quelqu'un est dans le besoin, il faut lui venir en aide.

Il se couvrit de son chapeau, et s'en alla.

Le lendemain, il arrêtait Gabriel sous les yeux de toute la population rassemblée pour les enterrements.

Ménie pensait que le policier avait organisé cette mise en scène pour l'exemple, à cause du crime de non-assistance à personne en danger. Elle n'imaginait pas que Paviot était convaincu de tenir le coupable du quintuple meurtre de Fontfroide. Il avait le mobile, et l'arme du crime. Il ne restait plus qu'à contraindre l'assassin à avouer.

3.

La berline noire emmena Gabriel Chauvet à l'hôtel de police d'Angoulême. Des fonctionnaires vérifièrent la couleur de ses yeux, de ses cheveux, la forme de son nez, le nombre et l'état de ses dents, trempèrent dans l'encre ses cinq doigts. Il fut conduit à la prison et enfermé dans une cellule d'isolement. Il y resta huit jours sans nouvelles, sans visites, sans une parole, ses geôliers ayant reçu l'ordre de ne pas s'adresser au prisonnier.

Gabriel Chauvet était venu cinq fois à Angoulême, et c'étaient ses plus lointains voyages. Il n'avait pas dormi une nuit hors de la petite maison de sa mère. Il faisait à pied les cinq kilomètres de Châteauneuf, matin et soir, au temps de son apprentissage, pour retrouver son lit bruissant de panouilles de maïs et les soupes préparées par sa mère. Ménie lui était tout le monde.

Il était à présent comme un animal tiré de sa forêt profonde et enfermé dans une cage. Tout lui semblait étrange. Il sursautait aux claquements de verrous et aux souliers des gardiens dans les couloirs. Lui qui sombrait chez lui sitôt couché dans un sommeil d'enfant ne parvenait pas à s'endormir. Il trouvait à sa paillasse trop dure une odeur repoussante. Il sentait peser sur lui l'œil du gardien par le judas. Il s'efforçait de démêler les fils de ce qui lui arrivait. La vision des mourants de Fontfroide revenait, lancinante. Il restait immobile, prostré sur son châlit, le dos au mur, les jambes ramenées sous lui, refusant de manger. La nourriture de la prison lui donnait des haut-le-cœur.

La porte de sa cellule s'ouvrit le huitième jour. Gabriel se retrouva hébété dans le parloir inondé de lumière. Sa mère se précipita vers lui.

— Biel, mon petit, comme tu es fait !

Elle lui prit la figure dans ses mains, l'embrassa comme elle ne l'avait pas embrassé depuis qu'il était devenu un homme.

— Comme tu sens mauvais ! Qu'est-ce qu'ils t'ont fait ?

Elle lança un regard vers la porte. L'œil du geôlier était appliqué au judas. Elle s'assit sur le banc, le dos à la grande table de bois brut. La lumière ruisselait par les vitres de la fenêtre à petits carreaux, peintes au lait de chaux jusqu'à mi-hauteur.

— Parle-moi, dit Ménie en pressant entre ses doigts rouges de laveuse la grosse main de son fils.

La pomme d'Adam de Gabriel glissa le long de sa gorge. Il dit :

— Memon !

Il appelait sa mère ainsi lorsqu'il était enfant. Ménie se leva et fureta dans son panier pour dissimuler son émotion.

— Regarde, dit-elle en s'obligeant à rire, je leur ai demandé une cuvette et un broc, ils m'ont permis d'apporter ton blaireau, ton rasoir. Tu vas te mettre propre.

Il secoua la tête.

— Si tu restes sale, c'est bien là qu'ils te prendront pour un bandit !

Elle brandit en riant une bouteille de limonade, fit sauter la capsule de caoutchouc.

— Tu vas boire. Ça te redonnera du sang.

Elle remplit le verre de vin noir et épais comme du cassis, attendit qu'il ait vidé sa timbale.

— Allez, bois tout !

Elle se servit une demi-timbale qu'elle avala d'un trait. Puis elle versa l'eau du broc dans la cuvette, tira une serviette de son panier.

— Allez, viens ! Commence par enlever ta chemise.

Comme il ne bougeait pas de son banc, elle apporta la cuvette auprès de lui. Elle lui frotta le visage avec des gestes délicats. Il fermait les yeux, se laissait caresser.

— Tu n'aimais pas beaucoup le baquet de la toilette du dimanche, lui murmura-t-elle, mais je suis sûre que maintenant tu le regrettes.

Elle baissa la voix :

— N'aie pas peur. Ne te mets pas dans ces états. Je me suis renseignée. Tu ne risques pas grand-chose. Dis-leur la vérité. Nous ne possédons rien, nous autres, nous n'avons rien à défendre que ce qui est au fond de notre cœur. Et je sais que le fond de ton cœur est beau, mon Biel.

Le prisonnier que le geôlier ramena à sa cellule n'était plus le même. Il avait changé de vêtements, était rasé de près. Même le regard du geôlier sur lui était différent.

Un peu plus tard, il ouvrit la porte de la cellule, et entra avec une cagette à claire-voie généralement utilisée pour le transport des poulets. Il la déposa sur le dallage.

— Un cadeau pour toi !

Gabriel souleva la portière du couvercle. Un chat gris jaillit comme un tigre avec un miaulement de rage.

— Pipo ! s'écria Gabriel. Tu ne me reconnais pas, mon Pipo ?

Le chat s'était rencogné, le dos rond, prêt à griffer et à mordre. Gabriel tendit la main.

— Minou, minou…

Le chat miaula en menaçant et s'éloigna en rasant le mur. Mais sa manière de regarder Gabriel montrait qu'il venait de reconnaître son ami.

— Tu es furieux d'avoir été enfermé, comme moi, mon vieux, comme moi !

Le chat répondit en essayant ses griffes sur les dalles. C'était un gros matou musclé, au pelage rayé chatoyant comme de la moire. Il renifla la terrine d'aisance et s'en éloigna avec dégoût. Il se raidit toutes griffes dehors et le poil hérissé lorsque la main de Gabriel se posa sur lui, puis s'abandonna, offrit son ventre blanc à la caresse. Il se laissa emporter sur ses genoux, et ronronna.

Il se lova sur son lit et dormit en sa compagnie, comme en hiver à la maison, quand il grattait à la porte, ramené au logis par le froid. Biel lui ouvrait, lui creusait un nid dans l'édredon. Le matin, lorsque Ménie le trouvait, elle criait et chassait le chat avec son bâton pour battre les couettes et faire les lits.

Ils jouèrent ensemble avant de s'endormir. Pipo mordilla les doigts de Biel et des perles de sang jaillirent. Le prisonnier plongea pour la première fois dans un sommeil paisible sans rêve.

Le geôlier lui demanda de le suivre le lendemain.

— Tu peux emmener ton chat !

Il montra la cage, mais le chat refusa de se laisser enfermer.

— Garde-le dans tes bras. Fais attention. Qu'il ne t'échappe pas !

Ils revinrent dans le parloir, et Gabriel s'assit sur le banc, caressant le chat devant lui sur la table. Des bruits de serrures et de pas retentirent dans le couloir. Gabriel avait retrouvé son ancien sourire béat. Il s'attendait à voir Ménie et allait lui montrer Pipo. Il découvrit la redingote et le gibus à longs poils de Maxime Paviot, accompagné de deux hommes en noir. Le sourire gela sur son visage.

— Alors, interrogea Paviot affairé, vous allez mieux ? Vous avez vu votre mère, hier ? Nous vous avons apporté votre chat. Et il n'a pas été si facile à prendre !...

Gabriel recula.

— Quel côté préférez-vous, monsieur le procureur ?

demanda Maxime Paviot à l'homme en redingote vers lequel il se tournait sans cesse. Voulez-vous la fenêtre ?

— C'est vous qui choisissez, mon cher, lui répondit le procureur, qui s'appelait Lemperière. C'est vous qui conduisez les opérations.

C'était un grand diable raidc comme une épée, les mâchoires grossies par une broussaille de favoris couleur poussière de papier. Les mains glissées dans le dos sous les pans de son habit, il attendait les ordres du commissaire avec un sourire à dents fermées.

— Eh bien, laissons M. Chauvet avec son chat, fit Paviot, et asseyons-nous en face de lui. Nous allons tout reprendre par le commencement…

Le greffier dont la double gorge débordait sur le col de chemise tourna les pages de son dossier. Gabriel se tenait sur ses gardes, le dos voûté, le front buté, comme Pipo dont le poil s'était dressé entre ses bras. Maxime Paviot se mit à raconter avec un vrai talent de conteur. Il avait tout enregistré. Il prenait un malin plaisir à jouer les metteurs en scène. Il dressait les murs de Fontfroide au milieu des vignes, ressuscitait les morts et les installait autour de la table de la cuisine. Il couchait même le chien Noiraud au soleil sur le perron. Gabriel en oublia sa situation, fasciné par le policier qui sortait le grand jeu devant le procureur, et il sursauta quand Paviot lui demanda soudain :

— Qui a mis l'acide prussique dans la daube de Fontfroide, le 12 juin ?

Les regards du procureur et du greffier convergèrent vers Gabriel Chauvet. Mais le garçon naïf suspendu aux lèvres du narrateur hocha la tête, semblant se poser la même question.

Le soleil avait monté plus haut que les vitres blanchies à la chaux et il frappait l'épaule de Maxime Paviot. Le commissaire déboutonna sa redingote, tira sur sa cravate. Le greffier entrouvrit la fenêtre fermée par des barreaux et coinça le battant contre la poignée de la crémone. Pipo avait quitté Gabriel et chassait une mouche contre le mur.

— Dites donc, Guérin, fit Paviot s'adressant au greffier, si nous profitions de la pause ? Vous n'avez pas faim ? Allez leur demander de nous apporter quelque chose. Qu'il y en ait aussi pour M. Chauvet. Et n'oubliez pas le chat. Le malheureux en est réduit à gober les mouches !

Une miche de pain arriva aussitôt, et un plat de petit salé dans un panier. Le greffier posa un morceau de viande sur une tranche de gros pain fariné et la donna à Gabriel. Le commissaire aligna les verres et fit sauter le bouchon de la bouteille de bordeaux. Et une ambiance de fraternité s'instaura entre les mangeurs. Le salé était savoureux, sa chair onctueuse. Le commissaire plaisantait avec le greffier qui mastiquait avec un enthousiasme communicatif. Le procureur Lemperière semblait le moins satisfait de ce pique-nique sur le pouce. Il s'obligeait à grignoter du bout des dents, répugnait à parler la bouche pleine, s'essuyait sans cesse les mains au torchon, et prenait garde à ne pas tacher sa veste au revers orné de la rosette de la Légion d'honneur. Le geôlier entra avec une gamelle de mou pour le chat.

Il allait la poser sur les dalles, lorsque Maxime Paviot l'arrêta :

— Apportez-la plutôt sur la table, s'il vous plaît.

Comment cette bouteille de verre brune se trouvait-elle sur la table ? Gabriel ne l'avait pas vue auparavant. Elle devait être enveloppée dans le papier journal abandonné près du plat de petit salé. Il vit Maxime Paviot la déboucher et arroser soigneusement les bouchées de pain qu'il venait de joindre au mou. Il ne sut pas ce qui lui arrivait, ce fut plus fort que lui, il se mit à crier soudain :

— Non, ne faites pas ça ! Ne tuez pas Pipo !

Les bouches s'arrêtèrent de mâcher. Maxime Paviot reboucha lentement la bouteille.

— C'était exactement ce que je voulais vous entendre dire, Chauvet, déclara-t-il, la voix glacée.

De la tête, il ordonna au greffier de reprendre sa place et sa plume.

— Tu t'es trahi en reconnaissant la bouteille de

cognac où tu as versé l'acide prussique. Ne t'inquiète pas, nous ne tuerons pas ton chat. Il n'est pas coupable des crimes de son maître. Il n'y a que de l'eau dans cette bouteille.

Il posa la gamelle au pied de la table. Pipo s'en approcha, happa une première bouchée, releva la tête, encore méfiant, et se laissa aller, la queue balayant joyeusement le carrelage. Maxime Paviot ouvrit le sac de cuir qu'il portait sous le bras à son arrivée. Il en tira une autre bouteille qu'il posa à côté de celle qui contenait l'eau. Elles étaient parfaitement identiques, d'une même couleur brune à chatoyants reflets dorés.

— Elles viennent toutes deux de chez Poisblot, le verrier de la rue des Petites-Écuries à Cognac. Regardez, dit-il au procureur, la collerette du goulot a été façonnée par le même toucher. Celle-là contient bien le cognac empoisonné qui a tué à Fontfroide. Si le chat en avait absorbé une goutte, il serait un chat mort.

Maxime Paviot n'était plus l'homme affable qui jouait la comédie et partageait le bout de gras. Il avait retrouvé sa vraie physionomie amère et dure. Les ailes de son nez en faucille frissonnaient de mépris.

— Je n'étais pas sûr que tu te trahirais, Chauvet, ajouta-t-il avec un sourire glacial, c'est pourquoi nous avions mis au point cette mise en scène. Il n'y avait que le criminel à savoir que l'acide prussique se trouvait dans cette bouteille de cognac récupérée dans le placard de la cuisine de Fontfroide. Tu savais qu'à Fontfroide, comme partout à Martignac, on met du cognac dans tous les plats. Tu étais furieux parce que Calixte Malajas t'avait interdit de t'occuper de ses peupliers après avoir trouvé tes nasses dans son fossé. Alors tu as mélangé l'acide au cognac, sans te douter peut-être que l'acide et le cognac font si bon ménage. Angéline Malajas a renforcé la sauce au vin de sa daube avec du cognac, et elle s'est empoisonnée, et tu as tué tous les mangeurs de Fontfroide. Tu guettais dans le jardin les effets du poison sur tes victimes, comme tu le faisais pour les rats.

Gabriel Chauvet s'était reculé vers le mur, et s'y

appuyait comme s'il avait voulu y entrer. La sueur perlait sur son front. Il avait porté ses mains à ses oreilles.

— Non, non, haleta-t-il, ce n'est pas moi. Je n'ai pas mis le poison dans la bouteille. Je ne la connaissais pas… C'est la ficelle…

— La ficelle ? demanda le procureur.

— La ficelle…, balbutia-t-il.

Et puis :

— La bonbonne…

Le col de la bouteille de Fontfroide était ceint d'un bout de ficelle à rôti, probablement pour l'identifier, et Maxime Paviot avait scrupuleusement entouré le goulot de sa bouteille d'eau de la même ficelle à rôti.

— Ta mère avait entouré le goulot de la bonbonne d'acide de ton appentis avec des brins de laine noire, et toi tu l'as imitée en mettant une ficelle ! Tu t'enfonces en prétendant te défendre !

— Non, non !… se débattait Gabriel en tournant ses gros yeux affolés. J'ai confondu… J'ai pensé au chat Minouche sur la table de Fontfroide…

— Il m'a déjà joué le coup des larmes, expliqua Paviot au procureur. Le souvenir du chat Minouche t'a ému ? Il fallait y penser avant !

— Ce n'est pas moi ! Je n'ai rien fait !

— Emmenez-le ! Emmenez aussi le chat. Vous le remettrez dans sa caisse. Nous le retournerons à Martignac.

— Ça ne va pas être facile, monsieur le commissaire, dit le geôlier en essayant de s'approcher de Pipo.

— Laissez-moi l'emporter ! supplia Chauvet.

Il prit le chat dans ses bras, enfonça la joue dans son pelage.

— Ce n'est pas moi, répéta-t-il. Je n'ai pas mis de poison dans le cognac…

Il répéta les mêmes mots aux jurés lors de son procès aux assises d'Angoulême. Mais la parole de l'innocent ne pesait pas lourd face à l'accumulation de preuves réunies par Maxime Paviot. Les jurés étaient tous de braves gens qui vivaient en paix chez eux derrière leurs murs. L'irruption d'un individu chez eux capable de détruire leur famille en versant du poison dans leur bonne bouteille de cognac leur paraissait un crime horrible. Et tout le monde était convaincu que Gabriel Chauvet n'échapperait pas à la guillotine.

Il fut pourtant sauvé par l'expert chimiste de la police. Ce petit homme aux allures d'huissier, coiffé d'un chapeau melon, jeta le trouble en déclarant à la barre :

— La formule du cyanure de la bouteille de Fontfroide n'est pas exactement la même que celle de la bonbonne de M. Gabriel Chauvet.

— Vous auriez pu vous en apercevoir plus tôt ! réagit le président du tribunal.

— C'est écrit en toutes lettres dans mon rapport, monsieur le président, je l'ai signalé au commissaire !

Et il se lança dans une description minutieuse du HCN, acide cyanhydrique découvert en 1782 par le chimiste suédois Carl Wilhelm Scheele à partir de la décomposition du ferrocyanure de potassium par des acides. Il expliqua qu'il existait plusieurs variétés de cet acide autrement dit acide prussique. Le président l'interrompit pour donner lecture de son rapport compliqué qui signalait bien une différence de formule entre l'acide de l'appentis et celui de la cuisine de Fontfroide. Gabriel Chauvet sortit pour la première fois de l'hébétude où il était prostré et se dressa dans son box en criant :

— Je n'ai rien fait ! Je ne suis pas coupable, messieurs les jurés !

L'à-propos de sa réaction laissa supposer qu'il n'était pas aussi innocent qu'il s'en donnait l'air. Le ministère civil interrogea le chimiste :

— Est-il possible que le mélange du cyanure et du cognac ait modifié la formule ?

— A priori, le cyanure est miscible à l'eau en toute proportion, donc à l'eau-de-vie. Il se peut que la combinaison ait légèrement transformé le produit.

Gabriel Chauvet fut épargné au bénéfice d'un doute

infime, et condamné à la mort lente du bagne à perpétuité.

Il fut coiffé du bonnet vert des condamnés à vie, et ferré à la chaîne qui descendait de Bicêtre et s'en allait au bagne de Rochefort.

La chaîne passa non loin de Martignac sur la route d'Angoulême à Jarnac, un matin gris de février. Ménie l'attendait devant la porte d'angle du cabaret au croisement de Malvieille. C'était aux alentours de dix heures. Le brouillard épais ne laissait pas voir à plus de dix mètres.

Elle s'était plantée là, immobile, toute seule, au milieu de la nuit. Jean Brunet, le patron du cabaret, l'avait découverte à la chandelle en remettant la cadole à sa serrure, à six heures. Sa femme avait apporté à la malheureuse une tasse de café qu'elle avait avalée dehors après avoir refusé d'entrer. Les gouttes de la brume s'étaient accrochées à la laine de sa limousine, et elle se confondait avec le brouillard.

Un seul homme l'avait rejointe avant les premières lueurs du jour. Il avait avancé sa messe dans l'église noire et froide de Martignac. Tant pis pour les quelques paroissiennes qui ne le trouveraient pas au rendez-vous ; le curé Guignabert en avait, ce matin-là, un plus important avec un damné sur le chemin de son calvaire.

Ils entendirent d'abord les sabots d'un cheval sur la route, virent passer une estafette au grand galop, peut-être lancée en avant-garde pour prévenir des mauvais coups ou simplement pour dégourdir sa monture. La brume était vivante. Elle se bousculait sur la route et bouillonnait comme une mer. Ils ouvraient grands les yeux pour essayer d'y voir. Ils reconnurent le tintement des fers accompagné du martèlement des sabots. Un trio de pantalons rouges alignés comme à la parade émergea en premier. Leurs chevaux renâclaient, les courroies de la buffleterie gémissaient. Et les deux premiers forçats apparurent, enchaînés, tête basse, barbe longue, couleur de brume, traînant leurs jambes ferrées comme s'ils portaient le poids du monde. Deux autres suivirent, et deux autres. Le cortège semblait ne pas avoir de fin.

Les sabots rabotaient la terre, les chaînes tressautaient. Un gendarme piquait du nez sur son plastron, à demi ensommeillé sur son cheval. Personne ne parlait. Les forçats avançaient dans un silence terrifiant. Une âcre puanteur d'étable, de linge souillé, de sueur émanait de ce troupeau mouvant. Gabriel sortit de la brume le dernier. Il était peut-être le moins laid de tous, parce qu'il ne marchait que depuis le matin. Mais il allait comme les autres, le dos voûté, les paupières baissées, attentif au seul mouvement mécanique de ses pieds.

Il ne vit pas sa mère. Elle ne lui adressa pas un geste, ne poussa pas un cri. Elle resta immobile sur le bord du chemin, les yeux remplis de larmes. Les gens du cabaret regardaient derrière la vitre. Le curé Guignabert s'était décoiffé de son large chapeau de clerc. Il leva la main et bénit.

La chaîne fut engloutie par la brume, fantôme au milieu des fantômes. Le cliquetis des fers, le battement des sabots s'évanouirent. Ménie leva ses yeux éplorés vers le prêtre, joignit les mains. Et elle murmura :

— Bonnes gens !

II

CHEZ BOISSIÈRE

4.

Victor Marchoux, le régisseur des Boissière, vint chercher les vendangeurs à la gare de Châteauneuf, et l'apparition du jeune homme blond à la portière du train le surprit. Il attendait de petits hommes et de petites femmes aux cheveux et aux yeux noirs, aux pommettes hautes et saillantes, au teint jaune, et il découvrait un garçon aux membres déliés, long, mince, à la peau blanche et rose de fille. Il entendit appeler de l'intérieur du train :

— Ange ! Ange !

Le jeune homme se retourna en souriant. Victor Marchoux pensa qu'aucun être n'avait mieux mérité son nom. Il vit enfin descendre sur le marchepied l'homme qu'il attendait, Samuel Gaborit, qui s'avança en même temps que lui, main tendue.

— Alors, demanda Marchoux, le voyage n'a pas été trop long ?

Le régisseur, de forte carrure, se donnait des airs de propriétaire en portant le gilet, la mouche et la moustache pointue à la Badinguet désormais passés de mode, sauf en Charente où les lois libre-échangistes valaient encore à l'Empereur un véritable culte. On était en

1878. Vingt-deux ans avaient passé depuis les crimes de Fontfroide. Napoléon avait été fait prisonnier à Sedan avec son armée. Il était mort en exil à Londres. Les Charentais avaient porté des marmites remplies de louis d'or dans les mairies pour aider Gambetta à sauver la France. Une IIIe République avait succédé à l'effondrement de l'Empire. Samuel Gaborit savait que la rudesse et les manières prétentieuses de Victor Marchoux cachaient un brave homme.

— Un voyage n'est jamais trop long, lui dit-il en gardant la main du régisseur dans la sienne, quand on n'a pas l'habitude de voyager !

Le vieux Salomon Gaborit était descendu à son tour, plus petit encore que son fils Samuel, mais débordant de vivacité. Il souleva son chapeau, découvrant sa longue chevelure grise en baguettes et ses rides profondes.

— Vous ne changez pas, lui dit Marchoux, je vous retrouve chaque année pareil.

— Si, je change, répondit le vieux, je le sens surtout dans mes jambes et mes bras. Tout à l'heure, en arrivant à Angoulême, je ne pouvais pas me relever !

— C'est normal, vous étiez assis sans bouger depuis Poitiers, grand-père ! intervint une jeunette d'une quinzaine d'années, le visage dévoré par ses prunelles noires.

D'un mouvement de ses épais sourcils grisonnants, l'ancêtre lui indiqua qu'elle n'avait pas à se mêler des conversations des adultes. Elle rougit et rejoignit le reste de la tribu rassemblée autour d'une lourde malle en bois blanc.

— Dieu a voulu que nous soyons tous encore en vie et capables de travailler, dit le vieux Salomon en entraînant Victor Marchoux vers sa famille.

Le régisseur salua Louise, la femme de Samuel, et la vieille Honorine.

— Vous savez, lui confia Salomon en présentant sa femme, il en est désormais de nous deux comme de mes jambes, quand l'un des deux faiblit, c'est tout le couple qui boite !

Marchoux essaya de se rappeler les prénoms des six enfants de Samuel et Louise alignés devant la malle : Marie, David, Jérémie, Daniel, Élisabeth, Fridoline. L'aînée, Marie, était âgée de seize ans, le benjamin, Daniel, approchait de dix ans.

— Celui-là, ajouta Samuel en se tournant vers le jeune homme blond aperçu à la portière, vous ne le connaissez pas. Ce n'est plus un enfant. C'est un homme, puisqu'il vient de finir son année de régiment. Il jouait du clairon dans la musique. Il est rentré de la caserne, il y a huit jours. Il a voulu absolument venir vendanger avec nous. C'est Ange. C'est notre neveu, le fils de mon frère.

— Il n'a pas été fabriqué dans le même moule, commenta Marchoux. Il est aussi blond que vous êtes noirs !

— Ce sont des choses qui arrivent. De vieux croisements de races refont surface tout d'un coup sans qu'on s'explique pourquoi.

Ange, comme son oncle, son grand-père et ses cousins, portait un costume bizarre en cette fin d'année 1878. Victor Marchoux avait dit à ce sujet en s'en allant vers la gare :

— On les connaît bien, pourtant c'est difficile de s'y habituer. On a l'impression de retourner un siècle en arrière !

C'était le terme à employer. Les Gaborit venus vendanger en Charente étaient des Vendéens dissidents. Entre eux, ils s'appelaient « les Justes ». Ils avaient refusé le Concordat de Napoléon en 1801, qui imposait des prêtres jureurs et obligeait leurs bons prêtres à prêter serment à la République. Ils s'étaient entêtés dans la fidélité aux combattants de 93. Ils avaient refusé de suivre la majorité des Vendéens obéissant au pape Pie VII et acceptant le changement. Ils continuaient d'apprendre le catéchisme de 1790. L'évêque à la tête de leur Petite Église était mort et leurs bons prêtres avaient disparu à leur tour. Ils pratiquaient donc maintenant leur religion sans prêtres, se choisissant des « chefs de prière » qui dirigeaient leurs assemblées selon la tradition de l'eucologe, le missel d'avant la Révolution.

Ils résistaient aux modes et s'habillaient comme leurs aïeux. Pour le voyage, les Gaborit portaient un chapeau « rabalet » à large bord, et la veste courte, ronde, noire, sur le petit gilet de laine blanche boutonné sur le côté. Louise, la vieille Honorine et Marie avaient revêtu la longue robe d'Ancien Régime taillée dans la même étoffe rayée bleu et rouge. Toutes trois avaient coquettement serré autour de leur cou le mouchoir de gorge rouge sous le bonnet de toile blanche.

Ils sortirent sur la place de la gare, portant à deux la lourde caisse de leurs bagages renforcée par des bandages de fer qu'ils chargèrent dans la voiture de Victor Marchoux. Les passants se retournaient sur leur passage, surpris de voir cette famille dans des costumes d'un autre temps.

— Je vais suivre la voiture publique, leur dit Marchoux. Je n'ai pas la place pour vous emmener avec moi.

Ange se jucha avec son cousin sur la banquette au-dessus du cocher. La petite Marie aurait bien aimé monter avec eux, mais sa mère la prit par le bras et la tira à l'intérieur. Le cocher sortit de l'hôtel de la gare, flatta le chanfrein de ses percherons en les déliant, se laissa aller lourdement sur son banc. Les percherons s'ébrouèrent dans un carillon de grelots.

Les Vendéens se tenaient cois. Ils regardaient défiler les immeubles cossus en pierre sculptée, à deux et trois étages, de Châteauneuf. Ils passèrent devant l'hôtel de ville au fronton à l'antique soutenu par quatre colonnes, précédé d'un escalier monumental de seize marches, fleuri de potiches de terre vernies encore pleines de géraniums-lierres. Ils gravirent l'étroite rue des Fours, traversèrent le champ de foire et débouchèrent aussitôt au milieu des vignes.

Les percherons se cambrèrent et prirent un petit trot tintinnabulant de sonnailles. Le jour baissait dans des traînées de sang. Une brume légère ouatait l'air immobile. Les collines de Charente moutonnaient dans leur plus éclatante parure. On était le 2 octobre. Le gel n'avait pas encore brûlé les vignes, et elles étalaient l'infinie variété de leurs ocres, alternant les jaune citron les plus crus et l'or brun le plus chaud dans une palette de verts doux sur le point de prendre feu.

Ange sortit la tête de l'auvent de la capote et se dressa là-haut pour ne rien manquer de cette première rencontre avec le pays de Cognac. Il n'aurait pas su expliquer pourquoi mais il éprouvait au cœur d'étranges fourmillements, et il en était rempli de bonheur.

— Regarde, disait-il à son petit cousin, regarde comme c'est riche !

Il montra sur la droite les murs coiffés de tuiles d'une propriété récemment construite. Les pierres neuves, toutes blondes, éclairaient les bois noirs du sommet de la côte. Ce fut plus fort que lui. Il brandit son chapeau et, le pouce à la bouche comme s'il embouchait son clairon, il lança la sonnerie du régiment.

Le grand-père Salomon, en bas, mit le nez à la vitre, et secoua la tête, l'air de dire : « Ne le voilà-t-il pas pris encore par un de ses accès de folie ! » Victor Marchoux, dans sa voiture derrière, dit à Samuel assis à côté de lui :

— Votre Ange ne passe pas inaperçu. Vous devrez l'avoir à l'œil. Il aura du succès auprès des vendangeuses !

Les cheveux bouclés du jeune homme étaient d'un blond presque blanc. Il agitait son chapeau dans le vent de la vitesse, le visage illuminé par son large rire. Ses yeux bleus encourageaient son cousin qui l'imitait et partageait sa joie. Louise Gaborit ouvrit la vitre.

— David, couvre-toi !

Ils descendirent de la voiture publique dans le bourg de Martignac, après cinq kilomètres. Ils marchèrent derrière la voiture de Marchoux, traversèrent les Bergeries. Les hauts porches se succédaient, rivalisant de dentelles dans la pierre. Ils portaient des dates récentes : 1870, 1862, 1853, 1875. On apercevait les hauts des façades orgueilleuses par-dessus les murs, les larges toits en croupe couverts de tuiles.

— Vous vous rendez compte, ce sont des châteaux ! s'exclama Ange encore transporté par l'enthousiasme.

— Ici, ils n'appellent pas ça des châteaux, rectifia le grand-père Salomon, ils disent des propriétés.

Ils entrèrent dans l'ombre des pins de l'allée des Boissière. La nuit s'était déjà blottie dans leurs branches. Le chemin montait. La propriété appuyée à flanc de coteau au milieu des vignes regardait vers la vallée de la Charente. La voie ferrée passait dans le contrebas de l'enclos du parc. Ils évitèrent la cour d'honneur et rejoignirent, par-delà deux grands cèdres, le logement dit des vendangeurs dans la cour des chais. Ils disposaient de deux vastes chambres, l'une pour les hommes, l'autre pour les femmes. Ils transportèrent les lits et les rassemblèrent dans la même, pour être tous ensemble. Ils allèrent se servir dans le bûcher rempli de ceps de vigne et allumèrent un grand feu. Le grand-père Salomon passa son chapelet à gros grains de buis autour de son cou et dirigea la prière du soir.

Les vendanges commencèrent le lendemain matin. Le petit jour mouillé de brume annonçait une belle journée. Les charrettes attendaient, chargées de cuves de châtaignier et attelées aux lourds percherons à l'immobilité impressionnante de puissance. Les vendangeurs charentais arrivaient en grand nombre, hommes, femmes, enfants, protégés par de longs tabliers de devant en toile bleue, qui descendaient jusqu'à terre. Leurs voix bourdonnaient à l'intérieur des murs. Trois filles qui chantaient, les joues rouges d'excitation, bras dessus, bras dessous, entrèrent sous le porche. Elles continuèrent la chanson jusqu'au bout, en se balançant, les bouches mouillées par leur haleine :

Allons en vendange
Les raisins sont bons...

Des vieux s'avancèrent vers les Vendéens réunis en un groupe compact dans leurs vêtements de gros drap noir.

— Vous voilà de retour chez nous ? Vous avez fait bon voyage ? Vous rendez-vous compte qu'une année a passé sans qu'on s'en aperçoive !

Un petit homme à casquette, en bras de chemise malgré la fraîcheur matinale, plaisantait avec Samuel. Il s'appelait Gustave Robin.

— Je vais donc travailler avec vous, les étrangers ! pérorait-il bruyamment. Ce n'est pas la première campagne que nous entreprenons ensemble. Les Charentais prétendent que vous n'êtes pas marrants. Moi, je leur réponds qu'on n'est pas là pour rigoler. On est payé au rang. Et je parie qu'on va gagner un tiers de plus que les autres, cette fois encore !

Il avait sorti sa tabatière. Il la tendit à Samuel.

— On va porter tous les deux ?

On comptait un porteur de hotte pour cinq à six cueilleurs. Victor Marchoux arriva avec les paniers et les hottes dans sa jardinière à quatre roues. Il se dressa devant son banc, bras croisés, et compta d'en haut ses vendangeurs.

— Tout le monde est là, constata-t-il, satisfait.

Il tira sa montre de son gousset, s'adressa à l'un des conducteurs de cuve :

— Rien ne manque ? Eh bien alors, on y va !

Ce fut le signal du départ. Les filles se remirent à chanter en se reprenant par le bras. L'une d'elles se retourna et adressa un clin d'œil à Ange. Elle éclata de rire.

La première pièce à vendanger longeait l'allée de sapins et descendait jusqu'à la voie de chemin de fer. Des lambeaux de brume étaient accrochés au pampre dans la montée. Le soleil tardait à poindre par-delà les cimes des peupliers dressés sur la vallée.

— Ne t'inquiète pas, dit Gustave Robin à la petite Marie Gaborit, il va paraître. Et quand il sera là, tu pourrais cuire.

Les brigades se formèrent autour de leur porteur. Ange entra dans la marée des ceps et éprouva une exaltation pareille à celle de la veille au soir. Il respirait à pleins poumons les parfums de la vigne. Il aurait aimé crier son plaisir. Il pensait, bouleversé : « On dirait que je suis déjà venu là. » Il parcourut des yeux le champs de vigne. Les feuilles mouillées lançaient des éclats de verre. Il souriait sans s'en rendre compte, les joues éclairées par sa barbe couleur de paille. Son cousin David, qui faisait équipe avec lui, l'interpella :

— Ange, à quoi tu penses ?

Ange revint à la réalité, et vit que des vendangeuses le regardaient en riant. Ils commencèrent par goûter les raisins. Gustave Robin leur avait dit :

— Mangez tout ce que vous voulez, vous attraperez la courante… Mais crachez vos peaux dans le panier, il ne faut rien laisser perdre !

Samuel avait enfilé les sangles de la hotte sur ses épaules. Bientôt les appels pour vider les premiers paniers retentirent :

— Porteur ! Porteur !

La chaleur monta. L'air prit de la densité et les vendangeurs transpirèrent dans la moiteur des rangs. Les doigts collèrent. Des guêpes bourdonnèrent autour. Et de lancinantes douleurs s'éveillèrent dans les jambes pliées, les dos courbés, les bras qui portaient. Il ne fallait pas s'y arrêter, et travailler vite. C'était le meilleur moyen d'oublier. Vite, chercher parmi les feuilles, couper, mettre dans le panier, chercher encore, vérifier, pousser le panier. Marchoux arpentait la vigne. Ses yeux appesantis de lourdes poches lorgnaient parmi le pampre. Parfois il s'arrêtait, s'inclinait, cueillait une grappe oubliée et venait la porter dans le panier du coupable.

Au terme de la matinée, les Vendéens avaient pris de l'avance sur les Charentais. Gustave Robin le clama haut et fort, et Samuel murmura en l'engageant à ne pas parler si fort :

— Peut-être que d'avoir beaucoup de jeunes avec nous nous avantage.

Gustave Robin secoua la tête.

— Vous avez davantage faim que nous. Vous voulez gagner le plus possible. Si on nous appelle les cagouillauds, ce n'est pas sans raison !

L'angélus achevait de sonner. Les femmes se faisaient de l'air en secouant leurs grandes robes. M. Boissière attendait au bout de la vigne, svelte, le chapeau rejeté vers l'arrière découvrant son large front couleur brique. Son port de tête, son regard hautain signifiaient qu'il était le maître. On le voyait toujours en tenue de cavalier, de velours en hiver, de toile en été. Les vendangeurs se décoiffaient en s'approchant de lui, et le silence se faisait. Il tendit la main au grand-père Gaborit.

— Alors, monsieur Salomon, comment se porte la courageuse Vendée ?

— Faites excuse, monsieur, je n'ai pas les mains bien propres.

M. Boissière feignit de ne pas l'entendre, serra aussi la main de Samuel. Il s'arrêta devant Ange, le fixa un instant.

— C'est mon neveu, Ange, dit Samuel. C'est la première fois qu'il vient en Charente.

L'épagneul de M. Boissière trottinait autour de ses bottes.

— Je suis sûr, murmura le jeune homme à l'oreille de son cousin David, que M. Boissière revient de la chasse le jour des vendanges !

— Tu n'en sais rien, le réprimanda le vieux Salomon, et puis ça ne te regarde pas. Tu ne gagneras sans doute pas dans toute ta vie ce que des Boissière gagnent en une seule vendange. Alors ils peuvent ne pas travailler !

— Je ne suis pas jaloux, grand-père, se défendit Ange, l'air coupable. J'en faisais seulement la remarque.

— Il ne cueillera que quelques grains de raisin pour les goûter, précisa Gustave Robin en remontant vers la maison derrière la charrette pleine, mais c'est lui qui dirige dans les chais. Il commande Victor Marchoux, choisit les eaux-de-vie, ordonne les coupes. Il a fait son succès avec son nez.

Ange se retourna, se demandant si le Gustave plaisantait. Le petit homme bavard poursuivait sur le même ton :

— Son père, le vieux Boissière, n'avait pas peur de tirer le cavaillon avec nous pour désherber, et il a vendangé jusqu'au bout. Il est tombé dans les rangs de Courpetaud. Par son travail… et le nôtre ! ajouta-t-il en hochant la tête, il a accumulé de grosses réserves d'eau-de-vie. Son fils sait les préparer et les vendre. Il profite des lois sur le commerce.

— Savez-vous, ajouta la petite femme ronde qui était l'épouse de Gustave, qu'en 1873, à la mort de Napoléon, les Boissière ont mis du crêpe noir au heurtoir de leur porte ? Toutes les pendules des propriétaires ont eu le cadran peint en noir à cette époque-là. Les lois de libre-échange ont été le plus beau cadeau de Napoléon au pays de Cognac. Les valeurs de la rente française ont monté. Les propriétaires ont gagné beaucoup d'argent.

Les tables en lames de parquet posées sur des tréteaux étaient dressées dans le ballet, attenant au dortoir des vendangeurs. Elles étaient parallèlement disposées et recouvertes de draps blancs. Les Charentais prirent place sur les bancs dans une joyeuse effervescence accentuée par l'arrivée des plats de grillons. Les Vendéens regroupés attendirent debout devant leurs assiettes. Salomon se découvrit et dirigea les grâces.

— Bénis, Seigneur, le pain que tu nous donnes…

Les Charentais se turent, avec des regards rieurs en coin. Quand la prière fut finie, la cuisinière qui attendait avec ses pichets de vin les posa sur les tables.

— Vous savez que nous n'en buvons pas, lui dit le grand-père. Voulez-vous nous apporter un pichet d'eau claire ?

— Ah ! c'est vrai…, s'exclama la grande femme en rougissant.

À la table voisine on l'appela.

— Donne-nous le vin ! On va s'en charger, nous autres !

Elle se ravisa, reposa le pichet, croisa les bras sur sa lourde poitrine et, en se frottant les poignets :

— Vous êtes sûrs de ne pas en vouloir un peu ? On ne manque pas de vin, vous savez. Boire du vin vous donnerait des forces pour travailler ! Ce n'est pas normal de ne pas boire quand on est vendangeur. Qu'est-ce qu'on ferait de tout notre vin, si tout le monde agissait comme vous ?

Salomon secouait la tête, et puis l'insistance de la cuisinière l'agaça.

— Ne vous inquiétez pas de nous, la rembarra-t-il, nous buvons de l'eau, et nous nous portons mieux que ceux qui s'ivrognent à boire plus que de raison !

— C'est vrai que vous êtes des mangeurs de grenouilles dans votre pays ! répliqua la cuisinière, vexée. Cela explique votre goût pour l'eau.

La tablée charentaise éclata de rire. Les filles arrivées le matin en chantant riaient à pleine gorge. La figure ronde de l'une d'elles était grêlée de picote. Elles s'entraînèrent à rire, et tous les regards convergèrent vers elles. Les larmes aux yeux, la main sur la gorge elles essayaient de retrouver leur souffle. Alors Gustave Robin se leva, la figure sombre, la chemise déboutonnée sur sa poitrine couverte de poils noirs.

— Ça suffit maintenant, les filles ! ordonna-t-il, la voix dure.

Il attendit qu'elles se calment et s'adressa à toute la tablée.

— Les Gaborit font partie d'une société de tempérance chez eux. Ils sont libres de ne pas boire de vin s'ils n'en ont pas envie !

Un petit brun à la figure de fouine et aux dents ressorties se pencha à l'oreille de sa voisine et murmura assez haut pour être entendu :

— Ils sont libres de barboter avec les grenouilles !

La fille porta la main à sa bouche pour se retenir de pouffer. Le repas se poursuivit dans une atmosphère tendue.

Le portail en plein cintre de la cour était grand ouvert sur l'allée de sapins où dormait une tranquille ombre bleue. La brume de chaleur glissait par-delà sur les vignes. Le lieu-dit s'appelait tout simplement Chez Boissière. La propriété des voisins Gatinaud à deux cents mètres s'appelait Les Gatinaud. Des vols de grives rayaient le ciel.

— Les grives se soûlent de raisins, dit Gustave Robin pour parler de quelque chose. Elles commencent à être bonnes. Mais dans quelques semaines, elles seront encore plus grasses.

L'après-midi fut harassant. La chaleur était concentrée entre les rangs. Les coteaux crépitaient au soleil comme de l'huile sur le feu. Les vendangeurs descendaient se désaltérer souvent aux pichets entreposés dans le ruisseau près de la voie ferrée. Charentais et Vendéens évitaient de s'y retrouver. L'oncle Samuel disait aux siens :

— On ne perd pas de temps, on verra si les grenouilles ne sont pas plus rapides que les cagouilles !

Le réveil fut pénible, le lendemain matin. Les muscles s'étaient refroidis et le moindre mouvement soulevait les cris des enfants comme s'ils avaient été roués de coups.

— Maman, gémissait Fridoline, douze ans, la plus pleurnicharde, j'ai mal dans le dos, j'ai mal partout.

— C'est le métier qui rentre ! la consola Samuel en plaisantant.

Sa mère la frictionna. La vieille Honorine frotta les épaules du petit Daniel.

— Les vieux bois résistent, dit-elle, ils ont perdu l'habitude de se plaindre. Ce n'est pas la même chose pour les bois tendres !

Grand-mère Honorine avait tenu sa place, la veille. Elle cueillait avec Marie près du rang de grand-père Salomon. Elle marchait difficilement, les jambes affreusement arquées, ses pieds heurtaient les pierres. Elle avait prévenu ses enfants et petits-enfants qui craignaient pour elle.

— Ne vous inquiétez pas. J'y arriverai. Ça ne me fera pas de peine d'être penchée entre les rangs.

Elle s'était cassée à l'équerre, sa robe et son tablier traînant par terre, évitant le plus possible de se relever.

Elle avait demandé par deux fois à sa petite-fille de l'aider à se redresser. Et revenue à la verticale, les poings appuyés dans le bas des reins :

— C'est normal, les vieilles mécaniques se grippent. Toi, tu te plies comme un roseau.

Elle avait plongé de nouveau sur son ouvrage et, surprenant les prunelles noires de Marie levées vers elle :

— Ah ! ma petite-fille, tu apprendras, quand tu te seras penchée vers la terre aussi longtemps que moi, que la souffrance n'est rien. On s'y habitue, on ne l'écoute pas, on n'a pas le temps. On mourrait si on s'écoutait. Les seuls moments d'arrêt qu'on a, c'est le dimanche, quand on va prier le bon Dieu à la chapelle.

Le troisième jour de vendange fut encore un jour difficile. Et puis les douleurs s'envolèrent le quatrième, comme par enchantement. Les corps s'étaient habitués. C'était un vendredi. Les Vendéens firent maigre. Ils firent maigre aussi le samedi, car on fait maigre deux jours chez les dissidents. Notre-Seigneur n'a-t-il pas séjourné au tombeau un vendredi et un samedi ?

5.

Lorsque la cloche de l'église de Martignac appela les fidèles à la messe du dimanche, les Gaborit sortirent de leur dortoir en chapeau à large bord, bonnets blancs, robes rayées et sabots du dimanche. Le cœur rouge surmonté de flammes du père de Montfort était épinglé sur leur poitrine.

Ils ne s'en allaient pas à l'église. Pas question pour eux, ici comme en Vendée, de se compromettre avec un prêtre infidèle. Le Concordat avait changé la religion. Il avait supprimé la plupart des fêtes religieuses, avait obligé au mariage civil avant la bénédiction nuptiale, avait transformé les diocèses et imposé aux curés de prêter serment au gouvernement.

Les Gaborit défilèrent entre les murs du bourg. La passion des murs est grande en Charente. Chaque propriété en est cernée comme une villa romaine. Le rêve de chacun, à la fin de ces années 70, était de clouer une plaque d'assurance au sommet de son porche à l'enseigne de l'abeille ou de la perdrix. Elle signifiait qu'on était non seulement à l'abri pour le présent, mais encore qu'on n'avait pas à craindre l'avenir. Les Gaborit longèrent l'église et poursuivirent vers la prairie, conduits par Samuel et le vieux Salomon qui s'appuyait sur son bâton. Louise fermait la marche en soutenant la vieille Honorine qui avait du mal à suivre. L'eau s'écoulait paresseusement dans les fossés du bord du chemin où les frênes et les ormeaux enfonçaient leurs écorces gonflées de verrues énormes.

Ils franchirent le pont sur le Brassiaud, un bras de la Charente, et se retrouvèrent dans la prairie, l'immense pré communal réservé aux troupeaux. Les vaches rouges y paissaient sans distinction de propriété. Les granges étaient construites au bord de la route et, chaque soir, à l'heure, les bêtes dociles les rejoignaient pour être traites et se coucher.

Ils remontèrent le chemin qui parcourt la prairie sur toute sa longueur. Un nuage passa et sa grande ombre courut sur le pâturage. Un troupeau galopa, la queue dressée, en direction des pèlerins qui ne manifestèrent aucune peur. Les vaches s'arrêtèrent en effet à quelques mètres du chemin, mufle mouillé, lorgnant de leurs gros yeux myopes. Les enfants, de la main, leur adressèrent un amical bonjour. Honorine traînait la jambe. Ils marchaient depuis presque une demi-heure.

— Vous y arriverez, mère ? interrogea Samuel.

Elle haussa les épaules.

— Je récite mon chapelet !

Elle serrait, en effet, son chapelet entre ses doigts. Son regard têtu perçait à l'ombre de sa coiffe à long bord. Ils rejoignirent enfin le haut de la prairie et obliquèrent vers la pointe de Richteau, plantée d'un triangle de peupliers. Leurs sabots levèrent des parfums de menthe. Fridoline se piqua aux orties. Ils se blottirent contre le saule de la pointe, et se turent.

La Charente, qui roulait vers eux ses eaux nerveuses, méritait là plus qu'ailleurs son nom de fleuve. La pointe de Richteau l'ouvrait comme une étrave, formant le lit du Brassiaud et celui de la Grande Charente. L'or du soleil s'y répandait, jaillissant en gerbes d'étincelles jusqu'aux branches des saules. Samuel, puis Louise, portèrent leur main en visière sur le front. Les enfants considéraient bouche ouverte l'immense étendue mouvante. Grand-mère Honorine retint par le bras le petit Daniel.

— Ne t'approche pas trop près !

Le vieux Salomon s'adressa à Ange :

— Tu comprends pourquoi nous avons parcouru tout ce chemin pour célébrer ici la messe ?

Ange hocha la tête. Salomon sortit son eucologe, le livre de messe selon le rite d'avant la Révolution. Tous, sauf le petit Daniel qui n'avait pas fait sa communion, prirent le leur dans le panier porté par Marie. Ils avaient appris à lire dans ce livre. L'apprentissage de la lecture était obligatoire chez les dissidents s'ils voulaient conserver et transmettre les traditions.

Le vieil homme déboucha le petit flacon d'eau bénite. C'était de l'eau bénie par les derniers prêtres réfractaires avant de mourir. On la renouvelait régulièrement en y ajoutant de l'eau naturelle. Ainsi par dilutions successives la chaîne n'était pas rompue, et ils pouvaient dire qu'ils disposaient de l'eau bénite de leurs bons prêtres, et ils n'en manquaient jamais.

Salomon commença de diriger l'office comme il le faisait à Saint-Pierre, et comme cela se pratiquait dans tous les rassemblements de la Petite Église. C'était le rite ordinaire d'une messe d'Ancien Régime, la consécration en moins. Les dissidents privés de prêtres trouvaient l'eucharistie dans leur désir d'eucharistie. C'était ce qu'ils appelaient la communion spirituelle : « On communie de cœur. On ne communie pas par la bouche. »

L'eau de la Charente avait une limpidité de source. On voyait luire les graviers du fond. De longues lames d'iris frissonnaient dans le courant. Au-dessus de la vallée se dressait la colline de Tourtron. Une toiture de tuiles roses s'y dressait parmi les arbres, la tour d'angle coiffée d'un conique chapeau d'ardoises.

Une gabarre goudronnée apparut, voiles ramenées, dressant son haut mât comme un arbre dans le lit du fleuve. Elle glissait au milieu du courant comme sur du velours. Son étrave ouvrait la rivière avec des coups sourds qui brisaient l'eau. Les vagues de son sillage soulevaient le vernis de la surface jusqu'aux berges où elles clapotaient parmi les racines de vergnes. Les bateliers s'affairaient sur le pont près d'un chargement de barriques d'eau-de-vie. L'eau zébrait d'éclats argentés la ceinture blanche de la gabarre qui s'appelait *Sainte-Auzone*.

Un nuage cendré assombrit la vallée. Le vent se leva. Les feuilles de peupliers se mirent à pleuvoir.

Le déjeuner inclinait doucement vers la sieste. Les Gaborit ouvraient les noix du dessert avec la pointe de leurs couteaux. L'après-midi allait être consacré au repos, même s'il était convenu de charger la râpe dans le tombereau. En période de grands travaux, certaines tâches indispensables étaient autorisées le jour du Seigneur, même chez les dissidents.

Une voiture tirée par un petit cheval isabelle entra dans la cour, et son conducteur lança un ho ! qui s'entendit jusque dans la maison des Boissière. Il tourna la manivelle de la mécanique et surgit sous le ballet au milieu des Gaborit somnolents. Il enferma Samuel, qui s'était levé, entre ses bras, et lui tapotant les épaules :

— Alors, entêté dissident, comment vas-tu ?

Son rire tonnait comme l'orage. Sa longue barbe blanchissante descendait sur son ventre en tonneau contenu par un large ceinturon de cuir. Ses cheveux en broussaille jaillissaient d'un béret qui avait pu être basque autrefois.

— Ça va, et toi ? lui répondit Samuel. Vieux brigand de Vendéen-Cœur-Fidèle !

— Laisse-moi biser ta femme ! fit le faune en s'emparant de Louise.

Il lui plaqua quatre baisers sonores sur les joues, la contempla, et ses yeux s'étoilèrent de rides.

— Elle ne change pas. Toujours aussi jeune et fraîche. Tu as de la chance, Samuel, tu as fait le bon choix !

— Vous ne changez pas non plus, repartit Louise.

Vous n'êtes pas en peine de tourner un compliment aux femmes !

— Mais je dis ce que je pense !

Il était maintenant en face d'Honorine, qui s'était levée en s'appuyant des deux poings sur la table. Elle dodelinait en souriant.

— Zacharie ! Je me demande comment j'ai pu faire un fils comme toi !

— Ce devait être sur un coup de folie ! déclara-t-il, ému.

Et il serra sa mère dans ses bras. Salomon lui tendit la main sans se départir de sa sévérité. Il y avait même comme du reproche dans sa voix quand il demanda :

— Comment te portes-tu, mon fils ?

— Je me porte bien, père.

— Et Julie ?

— Julie aussi.

Les enfants s'étaient rapprochés. Il prit de leurs nouvelles à tour de rôle, dévisagea Ange.

— Alors, c'est toi, Ange, mon neveu ? Je ne t'aurais pas reconnu. La dernière fois que je t'ai vu, lors de mon voyage à Saint-Pierre, tu n'étais pas plus haut que la table. C'était… il y a dix ans.

— Si vous étiez venu plus souvent, oncle Zacharie, vous m'auriez peut-être vu grandir !

— Tu as raison. Mais le travail me tient. Moi qui ai fait le tour de France, je suis devenu plus sédentaire que le plus incrusté des Charentais ! Comment vont tes parents ? Tes sœurs ? Tu en avais sans doute assez de vivre dans un monde de filles ? C'est pourquoi tu as voulu faire un tour en Charente ?

— On ne sait quelle mouche l'a piqué, fit Louise. Il n'est de retour du régiment que depuis une semaine, et il a voulu à tout prix venir avec nous.

— Peut-être le service lui a-t-il donné le goût du voyage ? Il sera peut-être le premier à me ressembler enfin !

— Dieu nous garde ! gémit Honorine, et elle se signa.

— Tout de même, reprit l'oncle en hochant la tête, tu es un fameux joli garçon !

Il lui palpa les biceps.

— Tu trompes ton monde. On te prendrait pour un gringalet, mais tu es enveloppé… tu as du muscle !

Il descendit la main vers les côtes, en connaisseur. Ange lui demanda, à brûle-pourpoint comme s'il y avait urgence :

— Oncle Zacharie, j'aimerais voir tante Julie, je serais content de lui parler.

— Tu ne vas pas me l'enlever ? plaisanta l'oncle. Tu en serais capable, avec tes yeux de fille ! Je t'emmène tout à l'heure, si tu veux. Elle est à coudre, à la maison.

Il s'assit sur le banc, dos à la table, se retourna pour piocher une noix dans le saladier.

— Alors, que raconte de neuf la Vendée, depuis l'année dernière ?

Zacharie était le fils cadet de Salomon et Honorine. Il avait provoqué un scandale dans le petit monde des dissidents de Saint-Pierre-des-Tilleuls lorsqu'à seize ans il était parti effectuer son tour de France de tonnelier. Partir, c'était à coup sûr prendre le risque de perdre la vraie foi. C'était aussi amputer la communauté trop peu nombreuse d'un de ses fils.

De sévères confrontations avaient opposé le père et le fils. Salomon, blessé, parce qu'il se sentait personnellement coupable sans trop savoir pourquoi, lui avait reproché le mauvais exemple pour ses frères et tous les jeunes de son âge. Il lui avait répété le principe qui gouvernait sa vie : « On n'a pas le choix entre ce qui plaît et ce qu'on doit. N'oublie pas que tu seras jugé sur le devoir. »

Cela n'avait pas empêché le garçon de passer outre. À seize ans, Zacharie Gaborit avait déjà une personnalité originale et une volonté inflexible. Il regarda pleurer sa mère Honorine et partit avant l'aube d'un triste matin d'hiver rejoindre à la Châtaigneraie le compagnon tonnelier qui l'avait entraîné dans cette aventure.

Sa famille n'eut aucune nouvelle de lui pendant six ans. Ses parents et ses frères et sœurs apprirent à se passer de lui et à l'oublier. Mort ou vivant, où était la différence ? Et puis un jour, un voyageur coiffé d'un chapeau tromblon frappa à leur porte avec sa canne ornée de rubans de fête.

— Vous avez le bonjour de Vendéen-Cœur-Fidèle…

— Qui ?

— Votre fils, le compagnon tonnelier Zacharie Gaborit, m'a demandé de vous saluer au passage. Son nom de compagnon est Vendéen-Cœur-Fidèle.

L'homme montra le joint d'or, signe des compagnons, à son oreille.

— Moi, c'est Anjou-la-Douceur.

Salomon tira le compagnon à l'intérieur de la petite borderie au sol de terre suant l'humidité.

— Nous avons travaillé comme deux frères à travers tout le Midi, déclara Anjou en ouvrant le petit sac qu'il portait sous sa pèlerine.

Il en sortit une plane, le couteau à deux manches, et pointa les noms gravés dans le bois : Narbonne, Béziers… C'était comme s'il avait déplié une carte sur la table de la maison.

— Nous avons eu de bons maîtres…, assura-t-il, rêveur. Nous avons bu de bons vins. Nous étions libres comme l'air…

Salomon s'excusa. Il n'y avait pas de vin à la maison. Mais il demanda à Honorine d'apporter le pichet d'eau claire. Il observa la moustache du jeune homme et son air d'insouciance. Anjou montra Libourne, Saint-Émilion. C'était vrai qu'il paraissait un homme doux. Il méritait son nom : la douceur.

— Nous ne nous serions pas quittés, ajouta-t-il. Nous avons remonté le Bordelais et Zacharie serait aujourd'hui avec moi, s'il n'avait pas été arrêté par une Charentaise. Celle-là est dangereuse. Elle le tient bien !

Il grimaça, l'air malheureux comme un orphelin. Honorine se taisait, mais c'était la deuxième bonne nouvelle de la soirée : si Zacharie s'était laissé ficeler par une femme, c'était qu'il avait encore de la mie sous la croûte !

— Moi, je continue le tour de France, je vais passer chez moi et après on verra. Ce qui est formidable dans ce pays, c'est qu'il n'y a pas d'endroit sans barrique !

Salomon lui prit son chapeau tromblon et l'examina :

— Est-il resté fidèle ? A-t-il gardé la religion ?

Anjou ouvrit des yeux ronds et pressa son nez rouge un peu violacé sous son poing. Il considéra la statue de la Vierge sur la cheminée, les images de communion piquées au mur.

— Fidèle ? murmura-t-il. C'est son nom… La religion, avec les déplacements, c'est difficile de la pratiquer tout le temps…

Il se pinça le lobe de l'oreille au joint d'or. Une houle de rire le secoua.

— Pour parler franchement, les curés ne nous ont pas vus souvent !

Il donna l'adresse de Zacharie, Vendéen-Cœur-Fidèle, à Châteauneuf-sur-Charente. Ils lui offrirent le souper et un lit pour dormir chez eux. Il remercia :

— Vous n'avez pas de vin, mais votre eau est claire.

Il se leva, rentra sa plane dans son sac, remit sa pèlerine, son chapeau tromblon. Honorine fut encore émue du regard fraternel de cet Anjou-la-Douceur. Elle était contente que son fils ait marché en compagnie de cet homme-là. Elle imagina Zacharie avec ce bâton à rubans, ces gros souliers ferrés lacés de cuir, et ce chapeau de fantaisie. Peut-être que, si elle avait été un garçon, elle aurait aimé partir. Mais qu'est-ce qu'elle allait penser là ? C'était sans doute d'elle que Zacharie avait de telles folies en tête !

Les Gaborit avaient encore attendu deux années sans recevoir de nouvelles. Et puis un char à bancs s'était arrêté devant la maison un soir de juin alors que partout on rentrait les foins. Deux voyageurs en étaient descendus, vêtus à la mode de la ville. La femme portait une robe claire et un bibi rose à ruban bleu sur son chignon. Honorine donnait aux poules, le grain dans son tablier relevé. Elle ne prit pas garde à ces gens trop bien mis qui ne pouvaient pas arriver pour elle. Et puis elle entendit fuser un rire. Son cœur sauta dans sa poitrine. Après presque dix ans, elle était sûre que ce rire qui sonnait comme un tonnerre ne pouvait être que celui de Zacharie. Mais comment aurait-elle reconnu son fils dans ce monsieur à la figure mangée de barbe noire, un joli nœud de cuir à son jabot blanc ? Quand il était parti, il était encore adolescent !

Il prit sa mère dans ses bras. Il était le seul de ses fils à embrasser sa mère. Salomon l'avait surpris un jour à la biser et lui avait demandé de bien se tenir, il avait onze ans. Zacharie lui présenta Julie, devenue Gaborit depuis leur mariage au printemps. Anjou-la-Douceur avait dit qu'elle le tenait. Elle était sans doute de ces femmes qui tiennent les hommes. Honorine la regarda de près. Elle était menue, avec de l'énergie à revendre. Elle n'était pas laide. Elle avait un petit visage aux traits fins, de grands yeux verts, une bouche large, des cheveux très noirs qui bouclaient. Honorine la salua :

— Bonjour, ma bru !

Julie était chapelière, tenant à la suite de sa mère une boutique florissante à Châteauneuf. Ce métier n'enthousiasma pas Salomon. Les chapeaux entretiennent la vanité, et la vanité est responsable d'un grand nombre des errements des hommes.

Julie sut pourtant plaire à toute la famille. Elle accepta de mettre le bonnet blanc des dissidentes pour accompagner Zacharie à la chapelle de Saint-Pierre-des-Tilleuls. Elle se fondit dans l'assemblée au milieu de sa belle-mère et de ses belles-sœurs. Elle avait apporté son petit fer à repasser de chapelière dans sa valise. Elle en avait donné un coup à la veste ronde et au chapeau de Salomon avant la messe. Le père rendit ses vêtements à Honorine à son retour en lui disant :

— Elle est adroite, cette petite. Tu as vu comme elle a bien arrangé ma veste et mon chapeau !

Honorine en fut coite. Elle n'avait pas le souvenir du dernier compliment de Salomon. Bien faire était la mesure. On n'avait pas à féliciter quelqu'un pour avoir accompli correctement son devoir. Honorine constata donc, presque jalouse, et tout à fait satisfaite :

— Cette Charentaise est forte. Elle a obtenu ce que peut-être aucune Vendéenne n'aurait réussi !

Zacharie et Julie eurent deux filles, en perdirent une. Ils encouragèrent Samuel à venir vendanger à Martignac. La première année, il descendit tout seul. La seconde, il vint avec sa femme et ses parents. Puis les enfants grandissant suivirent. Les Gaborit en étaient maintenant à leur septième campagne de vendange.

Zacharie s'adressa à Ange en se relevant du banc sous le ballet des Boissière :

— Tu veux saluer ta tante Julie ? Je t'emmène. Nous demanderons à ta tante de nous servir une tisane de souchot.

— Une tisane de souchot ? Qu'est-ce que c'est ?

— Tu verras. Ne vous inquiétez pas, je vous le ramène pour qu'il vous aide à transporter la râpe. Vous venez tous manger chez nous comme les années passées, dimanche.

Ils montèrent dans le tilbury. L'oncle claqua de la langue. L'isabelle obéit, docile. Ils gravirent la côte de chez Boissière entre l'allée de sapins, et se trouvèrent sur le plateau couvert de vignes à perte de vue. Zacharie vit que son neveu n'avait pas assez d'yeux pour profiter du paysage.

— C'est beau comme un jardin, murmura-t-il de sa voix très chaude quand il parlait doucement. Tous les pays de vignes sont comme ça. Celui-là à mon avis plus que d'autres. Cela tient peut-être à la lumière. Tu vois, elle est plus tendre qu'en Vendée. Le calcaire lui va bien. Sans doute ces grosses maisons de maîtres, qui montent la garde au bout des vignes, y sont-elles pour quelque chose. Tu remarques qu'elles sont placées aux meilleurs points de vue. Et puis il y a la Charente… Elle est juste à la mesure du trafic des gabarres. Elle déborde tous les hivers sans causer de dégâts. Elle… est humaine.

Il avait arrêté son cheval en haut du Rompi et, de ce promontoire, ils dominaient à la fois le plateau et la vallée.

— Tu comprends, quand j'ai vu ça, j'ai pensé : je vais poser mon sac ici.

— Il y a eu aussi tante Julie ! suggéra Ange en plaisantant.

Les yeux de Zacharie brillèrent.

— Oui, il y a eu tante Julie.

Il claqua de la langue. Le cheval repartit.

— Tout ça donne ce produit unique au monde : le cognac. C'est de l'or qui coule dans les chais à chaque automne.

Il se gratta la barbe, et des rides profondes creusèrent son front.

— Ce que je disais tout à l'heure à ton grand-père et à ton oncle Samuel peut se réaliser du jour au lendemain. Le phylloxéra a déjà ravagé bien des régions où je suis passé autrefois. Je ne sais pas pourquoi les Charentais s'imaginent qu'ils sont à l'abri. Leur réussite les a endormis. Ils ne voient pas pourquoi ils ne seraient pas « ben aise », comme ils disent, éternellement. Il paraît que le terrible puceron aurait fait son apparition du côté de Jonzac…

— Et alors ?

— Alors ils disent que Jonzac est au sud. Ils veulent croire que la Grande et la Petite Champagne seront épargnées, puisque la maladie court depuis bientôt dix ans et qu'elle ne les a pas touchés. Moi, je sens la catastrophe venir. Elle sera d'autant plus terrible que personne ne s'y prépare.

Des taches de sueur mouillaient la robe de l'isabelle. Il montait la côte des chaumes de Martignac en direction de Châteauneuf. De vastes clairières d'herbe cuite se succédaient entre des taillis de genévriers et de chênes verts.

— Regarde, dit l'oncle, on voit Angoulême.

Ange avait renvoyé son rabalet sur la nuque. Il se leva.

— J'ai partout l'impression d'être déjà venu là, confia-t-il en se rasseyant.

L'oncle se rembrunit, agita les guides. La voiture descendait à présent vers les côtes de Bouteville. Le château se dressait au loin sur la colline. Le cheval sentant la maison allongeait joyeusement le trot. Ils obliquèrent à droite. L'oncle appuya sa lourde main sur le genou d'Ange :

— Nous voilà arrivés au Maine-des-Chaumes. Tu vois, on est à mi-chemin de Châteauneuf et de Martignac. Ta tante en a pour dix minutes à se rendre à son magasin. J'ai eu du mal à la décider à s'installer ici, parce que, avant, on habitait au-dessus de la boutique !

Il cligna de l'œil.

— Tu vas la voir sortir.

Des chiens aboyaient après la voiture. Ils entrèrent sous un porche au portail grand ouvert. L'oncle cria :

— Julie, viens voir !

La tante parut aussitôt, un ouvrage de couture à la main, comme si elle guettait. Elle reconnut Ange, piqua son ouvrage à la bavette de son tablier, et se précipita.

— Comme tu es grand ! dit-elle. Attends, je vais monter sur les marches pour que tu sois à ma hauteur ! Embrasse-moi ! Attention, ne te pique pas à mon aiguille !

Elle rit.

— Remets ton chapeau !

Elle l'ajusta sur la tête du garçon.

— Je n'ai jamais vu de chapeau vendéen aussi bien porté !

— Et tu peux la croire, c'est une chapelière qui parle !

Ils entrèrent. Zacharie tendit une chaise.

— Tu voulais la voir ? Eh bien, tu la vois !

Des morceaux de crêpe noir étaient étalés sur la table autour d'une forme à chapeaux, une boîte à couture, du fil, des aiguilles, des ciseaux.

— Qu'est-ce que tu faisais ?

— Les toquets de crêpe pour l'enterrement des Brard.

Ils se sourirent d'abord, ne sachant par où commencer, tant ils avaient à dire. La tante Julie rappelait à Ange un souvenir d'enfance doux comme un beau rêve. C'était à l'occasion du mariage de l'oncle Samuel et de la tante Louise, ceux qui vendangeaient aujourd'hui avec toute leur famille. Ange n'était âgé que de cinq ans, et il s'était retrouvé au pied de l'estrade du joueur de violon sur les genoux de la tante Julie. Les invités dansaient, criaient, remuaient. Et lui il était là, sur les genoux de cette jeune femme au visage très doux. Il appuyait la tête dans le creux de son cou bien chaud, il respirait l'odeur de ses cheveux bruns, et il était heureux. Il lui donnait des petits baisers « sucrés », disait-elle, et elle se laissait faire. Il aurait voulu que ce moment dure toujours. Ses parents le cherchaient, ne l'avaient pas trouvé avec les autres enfants.

— Le coquin, avait dit son père, il s'est choisi un petit nid douillet, et il n'en bouge pas !

Dix-sept ans après, dans la cuisine du Maine-des-Chaumes, la tante Julie à sa couture lui apparaissait toujours aussi gracieuse. Les rides avaient un peu creusé ses joues. Elle avait gardé sa silhouette menue, les cheveux relevés en coque bouffante sur la nuque.

Ils parlèrent de la Vendée. Ange donna des nouvelles de ses sœurs, raconta la caserne, son travail de journalier en compagnie de son père dans les métairies de dissidents. L'oncle et la tante opinaient du chef, se parlaient avec les yeux. Ange sentait des rougeurs lui envahir la figure tandis qu'il s'expliquait. Il dit soudain, parce que le moment était venu :

— Quand j'ai été convoqué pour le tirage au sort, j'ai appris que je ne m'appelais pas Gaborit. Mon père et ma mère ne sont pas mes vrais parents.

— Ah ? dit Zacharie, les coudes sur la table, peignant sa barbe avec ses doigts. Comment t'appelles-tu ?

— Ange Avril. J'ai été déclaré Avril, parce que je suis né en avril, tout simplement. J'en ai parlé à ma mère quand je suis revenu à la maison. C'est elle qui me l'a dit.

Ange avait le feu aux joues. Une veine bleue s'était

gonflée sur sa tempe et il la sentait palpiter. Il la pressa du doigt.

— Qu'est-ce qu'elle t'a encore dit, ta mère ? demanda tante Julie.

— Que ma vraie mère était morte, que je n'avais pas de père, qu'ils m'avaient adopté comme enfant trouvé, que je pourrais en apprendre davantage auprès de ma tante Julie et de mon oncle Zacharie.

Ange avait du mal à parler. L'émotion lui nouait le ventre. Il avait l'impression que son destin allait basculer dans les minutes qui allaient suivre. Ses yeux avaient changé de couleur, ils brillaient, aussi sombres qu'une mer des abîmes.

— C'est pour cela, dit doucement Julie, que tu es venu en Charente sitôt ton service et que tu tenais tant à me voir ?

— Tu en as parlé avec ton père, Jérémie ? demanda l'oncle.

— Oui. Il m'a dit : « Nous savions bien que tu finirais par l'apprendre. Nous aurions peut-être dû te le dire plus tôt. Nous avions sept filles. Tu as été pour nous un don du bon Dieu. » Il a eu les larmes aux yeux.

— Il a eu les larmes aux yeux ? murmura Zacharie. Même petit, il était déjà comme mon père. Je ne l'ai jamais vu pleurer !

— Tu ne te doutais pas que tu n'étais pas le fils de tes parents ? fit Julie. Tu es blond, grand, tu as les yeux bleus.

Ange haussa les épaules. Et il demanda durement :

— Qu'est-ce que vous savez ?

L'oncle lança le bras devant lui comme s'il repoussait quelque chose sur la table.

— Est-ce que tu n'es pas bien avec tes parents ? Est-ce que tu ne les aimes pas ? Est-ce qu'il ne vaut pas mieux que tu restes un bon dissident ?

Ange ne répondit pas.

— Tu pourrais découvrir des choses qui ne sont pas très agréables, avertit Zacharie. Il n'y a que chez les dissidents que tout est propre et net, et encore !

— Je veux seulement savoir qui je suis ! s'écria Ange, la voix vibrante.

— Tu es le fils de Jérémie et de Célestine Gaborit, point ! s'emporta Zacharie. On est l'enfant de ceux qui nous ont élevés !

Ange se leva, soudain très pâle, se couvrit la tête de son rabalet.

— Assieds-toi ! lui ordonna Zacharie. Et cesse de faire ta tête de mule !

— Tu es l'enfant d'une Charentaise, lança Julie alors qu'Ange marchait vers la porte. Tu as raison de vouloir savoir. Mais ce n'est pas une histoire simple. Tu as attendu vingt ans. Veux-tu attendre quelques jours encore ? Nous allons nous mettre d'accord, Zacharie et moi. Nous ne te raconterons pas d'histoires. La pelote est embrouillée. Nous ne voulons pas tirer sur le mauvais fil.

Ange se retourna, les jambes molles, le cœur brouillé, pris de vertige, hésitant encore entre partir ou s'asseoir.

— Enlève ton chapeau, commanda doucement l'oncle, et viens à table. J'irai te chercher un de ces soirs pour parler tranquillement. Puisque tu n'es pas complètement Gaborit, tu as droit de goûter à notre tisane de souchot !

Ange fit un effort pour lui sourire.

— Bois-tu du vin ? interrogea la tante en repoussant la forme à chapeau et le crêpe au bout de la table.

De petites boucles frissonnaient sur ses tempes.

— Nous en buvons tous. Mais nous nous abstenons en présence du grand-père. Il est si fort épris de sa société de tempérance !

Un acacia boule se dressait au milieu de la cour. Un geai s'envola du toit désigné par l'oncle comme celui de la tonnellerie et s'engloutit dans le feuillage jaunissant en un éclair de plumes bleues. La tante apporta trois tasses.

— J'aime cette tisane, moi aussi !

L'oncle versa du cognac dans le fond de la tasse. La tante versa de l'eau chaude sur le cognac.

— C'est ce que nous appelons la tisane de souchot.

Le souchot, c'est le cep de vigne. Il claqua la langue. Les Anglais ont l'habitude de boire ainsi le cognac coupé d'eau chaude ou froide. Ils ont raison. Ils en boivent davantage !

L'odeur épicée du cognac s'était répandue autour de la table. Les yeux encourageaient à rire à travers la fumée, comme pour faire oublier la conversation précédente. Ange buvait à petites lampées la tisane brûlante qui l'apaisait. L'oncle se leva et s'inclina vers la porte basse du placard.

— Attends, fit-il en se redressant, tu vas voir…

Il revenait avec une bouteille de verre fumé.

— Vide ta tasse.

— Il ne faudrait pas que vous me rameniez soûl. Grand-père Salomon ne vous féliciterait pas.

— On n'a pas fini, dit Zacharie en se rasseyant. On va profiter de la tasse chaude. Tu vas apprendre à goûter le vieux cognac.

Il approcha son nez court de la tasse où il faisait tourner le précieux liquide ambré.

— Renifle. Le cognac se prend d'abord avec le nez.

Ange respira le parfum exquis de bois rare. Il prit ensuite une gorgée, imitant l'oncle.

— Trouves-tu l'arôme des fruits ? dit-il les lèvres gourmandes à travers la barbe.

Il avala.

— C'est quand on avale qu'on reconnaît une grande eau-de-vie. Il faut qu'elle soit longue. On la savoure dans l'arrière-gorge, et c'est alors qu'elle donne le meilleur. Ils appellent ça ici le ranciot, cette saveur de pomme confite, presque trop mûre…

Ange écoutait son oncle et il vérifiait la justesse de ses commentaires. Ses yeux bleus avaient retrouvé leur douceur et ils scintillaient.

— Hé, hé, dit l'oncle réjoui, ça n'a rien à voir avec le tord-boyau de Vendée. Comprends-tu mieux ce qu'est la Charente ? Tu comprends que ce pays a tout pour plaire à un tonnelier !

Il y avait eu tout à l'heure cet échange vif entre eux. Ange soupçonnait aux efforts de son oncle que le secret de sa naissance était plus lourd qu'il ne le supposait. Il aurait aimé tout apprendre, tout de suite. Mais la chaleur du cognac se répandait en lui. Il se trouvait bien dans la complicité de cet homme et de cette femme qui souriaient. Il aimait le confort de leur maison aux murs épais. Il pensait en savourant le ranciot dans l'arrière-gorge : cette vie n'a rien à voir avec nos existences misérables dans nos creux de maisons.

— C'est pas mal de découvrir un pays avec sa langue, fils ! s'exclama l'oncle Zacharie, jovial.

Ange se raidit.

— La Vendée a aussi des mérites !

— Tu as raison, répondit son oncle, et il éclata de rire. La Vendée est travailleuse. Elle est résistante. Elle a une histoire, et notre famille de dissidents en est la preuve. J'aime que tu défendes ton pays.

La tante Julie posa sur sa tête l'un des toquets de sa fabrication.

— Comment le trouvez-vous ?

Le chapeau de deuil avivait l'éclat de son teint de brune. Ange osa dire en rougissant :

— Vous êtes belle, tante Julie.

— Toi, tu es aussi beau parleur que ton oncle ! lui répliqua-t-elle.

Mais son sourire montrait que le compliment lui plaisait.

6.

Il sortit, le soir après souper. Le cognac lui donnait la bougeotte. Un vent aigre courait sur les vignes poussant de grands troupeaux de nuages. La lune défilait derrière eux. Les têtes des sapins de l'allée se plaignaient. Un train siffla au loin, le halètement de la locomotive grandit. Le grondement emplit le val de Charente. Les lumières parurent, disparurent, sinuèrent. Ange, les mains dans les poches, pensait à son père. Il avait tout appris de lui. Il le suivait partout. Son père lui tendait son index dur de paysan qu'il enfermait dans sa menotte en lui disant :

— Oui, viens avec moi. Tes sœurs sont avec leur mère. Les hommes avec les hommes, les femmes avec les femmes.

Ange se sentait le roi du monde. Son père l'aimait peut-être plus qu'on aime un vrai fils. Il ajoutait avec de l'envie dans ses yeux placides :

— Toi qui as la chance de tout retenir, regarde : quand le vent souffle de galerne, tu peux être sûr que ça sent l'eau. Regarde cette terre, des générations de Gaborit l'ont labourée pour les autres. Elle a été généreuse. Ils ont trouvé moyen de croître et de multiplier après que les autres s'étaient servis.

— Pourquoi la terre travaillée par les Gaborit n'appartient pas aux Gaborit ?

— Parce que c'est ainsi. Il y en a qui naissent petits, d'autres gros. Les Gaborit naissent petits et maigres.

— Ce n'est pas juste.

— Je l'ai aussi pensé à ton âge. J'ai cru qu'en travaillant nous arriverions à nous en sortir. Les filles sont arrivées les unes après les autres. Chaque année, ça faisait une bouche de plus. Tu es venu en dernier. Tu as été accueilli comme tes sœurs, comme une bénédiction du bon Dieu. Peut-être accompliras-tu ce que je n'ai pas réussi. Peut-être ne seras-tu pas un Gaborit sans terre. Mon frère m'a proposé de le suivre lorsqu'il est parti pour son tour de France. J'étais l'aîné. J'aurais déchiré le cœur de mes parents. Et j'avais déjà de l'amitié pour ta mère…

Ange, en marchant, avait pris le chemin du bourg de Martignac. On dansait au café Brissot, les dimanches soir de vendanges. Il entendait la musique du piano. Il écouta dans le noir les airs de rondes et de promenades, alternant avec les polkas et les valses à la mode. Deux lanternes vénitiennes rougeoyaient de chaque côté de l'entrée du café. Le vent les balançait. Et leur balancement agitait les ailes de grandes ombres violettes. La porte s'ouvrit. Ange, surpris par les cris et le jaillissement de la lumière, se recula trop tard. Il avait été vu par le petit brun à la figure de fouine qui vendangeait chez Boissière.

— Eh ! les gars, cria le vendangeur, le Chouan est là !

Ange s'éloigna du côté des tilleuls de l'église. Un groupe de jeunes feignait de le chercher. Ils l'appelaient :

— Eh ! le Chouan, où es-tu ?

Il reconnut la voix aigre de la Fouine.

— Blondin ! Eh ! Blondin !

Il entendit les garçons parler entre eux, et rire. Ils s'étaient alignés le long du mur aveugle du café, et urinaient. Ange se crut débarrassé. Il s'était abrité derrière le tronc d'un tilleul. Le tapis de feuilles mortes bougeait sous ses pieds. La lune plongeait son œil triste à travers la feuillée dégarnie, lorsqu'il fut surpris par un frôlement et une odeur d'œillet. Il n'eut pas le temps de bouger. Comment n'avait-il pas entendu les pas sur les feuilles ? Il fut emprisonné entre deux bras, deux seins, deux jambes, deux mains qui lui palpaient tout le corps. Une bouche s'appuya à la sienne en gémissant. Elle lui souffla dans la bouche :

— Blondin ! Blondin !

Cela dura quelques secondes, tout au plus. L'assaillante se détacha d'un coup avec un roucoulement de rire, et se sauva en courant dans la nuit. La lune s'était cachée derrière une lourde nuée. Il entendit un gars lui demander :

— L'as-tu trouvé ?

Le roucoulement de rire lui répondit. La porte du café Brissot s'ouvrit et se referma. Il s'éloigna lentement de son tilleul. Il respirait dans ses coutures l'odeur entêtante de l'œillet, un sent-bon acheté sur une foire. Il ne savait pas s'il l'aimait ou en éprouvait du dégoût. Il sentait encore la chaleur de cette bouche gourmande contre la sienne, et les effleurements de ces mains curieuses. Quelle fille de Martignac était-ce ? Les lanternes vénitiennes du café Brissot éclairaient en se balançant un pot de géraniums fanés abandonné sur un appui de fenêtre. Elles le montraient, puis le plongeaient dans l'ombre, l'éclairaient, le cachaient.

La pluie tomba le lendemain matin avant le lever du jour. Une averse lourde et froide s'abattit sur le dos des vendangeurs silencieux en marche vers les vignes. Et la vieille Honorine dit :

— On se plaignait du soleil, la semaine passée. Ça va être autrement pénible avec la pluie.

La terre colla en plaques aux sabots. Les sacs de jute jetés sur les épaules devinrent lourds de pluie. Les feuillages versèrent leur eau froide dans les emmanchures.

L'oncle Samuel se leva avec sa tête des mauvais jours, le jeudi matin. Il ne dit pas un mot, traîna à boire son café, lui qui lapait plus vite que tout le monde. La pluie tombait à petites gouttes piquantes et glacées.

— On dirait du grésil !

Ce n'en était pas, mais ils eurent les mains gelées ; ils disaient « grappe », dès qu'ils touchèrent leurs premiers raisins. Les feuilles tuées par la pluie froide se détachaient au moindre contact. Oncle Samuel avait endossé la hotte. Mais lorsqu'il monta à l'échelle pour vider dans la cuve, Ange le vit chanceler et s'agripper au câble de la charrette. Il appela :

— Tante Louise !

Ils s'approchèrent, inquiets. L'oncle vidait sa hotte en serrant les dents, blanc comme un linge sous son grand chapeau. La pluie mouillait sa barbe longue, mais la sueur perlait sur son front et ses tempes.

— Qu'avez-vous ? demanda Marchoux.

Ni Louise ni Ange n'avaient osé poser cette question. Samuel souffla en descendant péniblement l'échelle :

— C'est mon dos !

Et il montra avec son pouce la douleur qui lui filait dans la jambe. Il s'enfonça dans le rang en crabe pour continuer son ouvrage. Victor Marchoux murmura :

— C'est un lumbago.

Louise et Ange se regardaient, désolés. Tous les Gaborit s'étaient redressés et s'inquiétaient de la souffrance visible du père. Ange se précipita.

— Oncle Samuel, je vais porter la hotte !

L'oncle grogna :

— Tu ne pourras pas. Tu n'en as pas l'habitude.

— Donnez-moi la hotte. Pensez-vous que vous pourrez vendanger ?

— Vendanger, je crois. Tant que je marche sur le plat, ça va. Ce qui m'est difficile, c'est de monter sur la charrette.

L'oncle toisa son neveu.

— Tu crois que tu pourras y arriver ?

Ange sourit. La tante Louise ne disait rien. La pluie tombait à gouttes crépitantes comme des grains de sable.

— Tu peux toujours essayer, dit l'oncle en se défaisant des harnais.

Ange se glissa dans les bretelles.

— À elle toute seule la hotte est lourde, dit l'oncle. Tu es plus grand que moi.

Il l'aida à régler les lanières, lui confia son solide bâton de buis.

— Sers-t'en pour marcher dans la terre grasse. Et puis n'aie pas vergogne, profites-en pour y appuyer ta hotte, quand on ne t'appelle pas.

Les appels retentirent :

— Porteur ! Porteur !

Ils devinrent :

— Ange ! Ange !

Les premiers tours furent plus faciles que prévu. Victor Marchoux, content d'avoir trouvé un remplaçant aussi rapidement, sourit en pinçant les pointes de ses moustaches. Puis la douleur se concentra à l'emplacement des lanières sur les épaules et à la cambrure des reins. Le poids et le frottement brûlèrent la peau. Le jeudi soir, lorsque les vendangeurs harassés rentrèrent chez Boissière, Ange déboutonna sa chemise et découvrit des épaules à vif.

— Mon pauvre petit, s'écria tante Louise, tu as une peau de blond trop sensible ! Pourquoi tu n'as rien dit ?

Ange haussa les épaules en grimaçant.

— Je ne m'en rendais pas compte.

Il avait deux bretelles rouges imprimées dans la peau.

— Je reprendrai la hotte demain, marmonna oncle Samuel.

Il en était bien incapable. Il avait à peine réussi à vendanger au prix d'efforts considérables. Louise enduisit les épaules de son neveu avec un baume cicatrisant à odeur de camphre.

— Tu aurais dû mettre un coussin sur tes épaules !

Le travail fut pénible le lendemain, malgré le coussin. Ange avait beau écarter les bretelles pour épargner les épaules meurtries, elles revenaient au même endroit. Les paniers cognaient le bord de la hotte. Le rendement de la brigade s'en trouva réduit. Heureusement Gustave Robin, l'ami charentais des Vendéens, accourait parfois aux appels des vendangeurs, travaillant avec courage pour deux brigades, et encourageant tout de même Ange :

— C'est bien, Blondin, accroche-toi !

Ange résista mieux le samedi. La pluie avait cessé. Le soleil parut dans l'après-midi. Et si ses épaules étaient encore sensibles, les reins supportaient mieux le poids de la hotte. Il marchait d'un pas alerte entre les rangs, montait à l'échelle de la cuve plus gaillardement.

Ce soir-là, les brigades se réunirent au bout de la vigne, réjouies par la fin de la journée et de la semaine. Ange était monté sur la charrette vider les derniers paniers. Les filles s'approchèrent en chantant :

Ma fille voulez-vous un mouchoir ?
J'aimerais mieux planter la vigne...

Louisette tendit l'anse de son panier à Ange. Il décela un parfum connu, un peu écœurant, parmi les odeurs du raisin pilé et la fragrance du cheval dans les brancards de la charrette. Il lâcha le panier qui tomba au pied de la charrette. Les deux filles continuaient de chanter en se tenant par la main. Il dégringola l'échelle pour ramasser le panier et le tendit à Louisette, respirant à plein nez une forte odeur de sent-bon à l'œillet que le mouvement de la robe diffusa. Elle prit le panier et ses doigts touchèrent ceux d'Ange. Elle soutint son regard, lança la gorge vers l'arrière et chanta avec son amie Sylvette :

Plantons la vigne, ma mère je vous prie,
Plantons-la donc...

Elle partit en décrochant la bavette de son tablier fixée avec des épingles.

Le déjeuner du dimanche chez l'oncle Zacharie fut un peu morose. Samuel faillit rester cloué au lit par le lumbago. Grand-père Salomon avait dirigé l'office du dimanche dans la chambre près du lit de Samuel. Les prières opérèrent sans doute un miracle puisqu'il réussit à se lever et à monter dans la carriole de Zacharie.

L'oncle accompagna ses hôtes dans la tonnellerie. Une inscription à la craie sur une ardoise fixée au mur disait : « Ici les patrons sont les patrons, mais les ouvriers sont les maîtres. » Il demanda à Ange de mettre son nez à la bonde d'un demi-muid en réparation au milieu de l'atelier.

— Tu connais l'arôme du cognac. Là, c'est autre chose. Ce n'est pas une odeur d'alcool. C'est fin comme un parfum de fleur. C'est le parfum d'une fleur qui n'existe pas.

Il accompagna ses hôtes dans la salle voûtée de l'angle de sa cour, éclairée par des meurtrières ouvertes sur la vallée de Bouteville. Un bouchon de paille allumé découvrit l'entrée d'un souterrain éboulé qui conduisait, disait-il, jusqu'au château pendant les guerres de Religion. Ça pouvait être autrefois une salle des gardes. Ange suggéra : une chapelle de dissidents… Ni l'oncle ni la tante Julie ne firent allusion à un prochain rendez-vous pour parler des origines d'Ange, à son grand désespoir.

Mais, trois jours plus tard, à l'heure de la dernière charrette, l'oncle arriva sur le bois du Piot où ils vendangeaient. Les souches des chênes essartés étaient rangées contre la lisière du bois. Le sol défriché montrait un squelette de roc blanc taché d'une pellicule de terre rougeâtre. La nuit commençait de prendre ses quartiers dans le sous-bois.

— Je vous trouve enfin, déclara Zacharie. Vous n'avez pas peur de vous faire manger par les loups ? Allez, Ange, je t'emmène !

— Pas dans cette tenue, oncle…

— Monte ! Ta tante veut te voir. Elle va te faire essayer un chapeau, dit-il en clignant de l'œil.

Ange monta auprès de lui, transi d'avance par ce qu'il allait apprendre. Deux barriques en mauvais état étaient fixées à l'arrière de la voiture pour réparation. Un vent froid avait commencé de courir au milieu de l'après-midi. Les vignes avaient perdu leur éclat depuis les grosses pluies de la semaine précédente. Les ocres avaient tourné au brun brûlé. En une nuit, des pièces entières avaient abandonné leur parure sur le sol.

Le magasin de la tante Julie était situé dans la rue de l'Hôtel-de-Ville. L'enseigne était restée la même que du temps de sa mère : *Le Petit Paris, chapellerie, modiste*. La vitrine de gauche était réservée aux hommes, celle de droite aux femmes, comme à l'église. La tante les accueillit sur le seuil. Les volets n'étaient pas encore mis.

— J'ai laissé ouvert pour toi, dit-elle en se plaçant entre les deux hommes et en glissant les mains sous leurs bras.

Elle les accompagna devant la vitrine des gibus présentés sur des socles en hémicycle. Ils allèrent ensuite devant les capelines et chapeaux-bergère coiffant les marottes, éclairés par les becs de gaz. La lumière crue transformait les vitres en miroirs et ils se voyaient mieux que les chapeaux à l'intérieur.

— Regarde comme il est jeune, dit-elle à Zacharie en montrant le reflet du jeune homme. Quand on est bâti comme lui, on n'a rien à craindre du monde !

Ange brûlait d'impatience et il aurait aimé qu'ils lui parlent tout de suite sans tergiverser. Ils entrèrent dans la boutique remplie jusqu'aux solives d'impressionnants échafaudages de cartons à chapeaux étiquetés au *Petit Paris*. Le commerce de la tante Julie marchait bien. Les propriétaires du canton, et de bien au-delà, venaient se fournir chez elle. En Charente, le chapeau était plus qu'une coiffure ou une parure. Il était le signe de l'appartenance à la famille des artistes du cognac et entretenait la satisfaction de vivre un siècle d'or. *Le Petit Paris* était considéré à Châteauneuf comme un magasin indispensable.

La tante ne se soucia pas des culottes de vendange

d'Ange et le fit asseoir dans un fauteuil Empire constellé d'abeilles. Elle retira le bec-de-cane, posa la lampe sur la caisse. Et ils se retrouvèrent tous les trois serrés dans le rond de la flamme.

— Ange, tu es un enfant de l'amour. Tu as cette chance et ce malheur. J'ai beaucoup fréquenté ta mère Angéline autrefois. Tu comprends pourquoi tu t'appelles Ange ?...

Ange crut que son cœur allait s'arrêter de battre. La tante Julie interrogea Zacharie du regard, quêtant un encouragement à poursuivre, il hocha la tête, et elle continua :

— J'ai passé toutes mes vacances chez mes grands-parents au Moulin de Martignac. Le Moulin est tout près de la propriété de Fontfroide. Quand j'allais au Moulin, j'allais à Fontfroide. Angéline Dupas et son frère Antoine m'attendaient. Un été, j'ai failli me noyer dans la fontaine. J'ai glissé dans l'eau glacée. Je suis remontée à la surface, et je ne sais comment Angéline et Antoine m'ont repêchée. Ils m'ont étendue au soleil sur des couvertures. Je n'ai pas raconté cette histoire à mes parents, car ils m'auraient interdit de retourner à Fontfroide. Nous courions toujours pieds nus dans l'herbe de la prairie. J'ai été piquée plusieurs fois par les guêpes et les abeilles. Nous jouions d'interminables parties de croquet au pied des peupliers. Mais la joie était plus grande encore lorsque les adultes venaient jouer avec nous. M. Dupas, qui m'impressionnait avec de gros favoris noirs à la mode, me disait : « Va donc chercher tes parents, Julie. Nous verrons si nous réussissons à battre la jeunesse ! » Un soir, nous avons allumé des bougies sur les arceaux pour finir une partie !...

Les Dupas ont espacé les rencontres, lorsque je suis devenue plus grande. Ils craignaient des fréquentations plus intimes entre Antoine et moi. Ils avaient une grande *benasse* de vignes et de l'eau-de-vie dans le templier. Je n'étais que la fille d'une modiste et d'un clerc de notaire. Cela n'a pas empêché Angéline de tomber amoureuse de Calixte Malajas, le fils d'un de ses domestiques de Fontfroide, et de l'épouser, pour la plus grande désolation de ses parents. Le couple a été dix ans sans avoir d'enfant. Et puis, un soir brouillé comme aujourd'hui, un peu plus tard dans la saison, en janvier 56, les lois de libéralisation du commerce avaient été publiées, le cognac circulait à pleines gabarres sur la Charente, j'ai vu Angéline devant la vitrine. Elle avait changé. Elle était devenue énorme, mais elle avait gardé la belle peau de soie qui me rendait jalouse dans la prairie de Fontfroide. Elle a hésité, et elle s'est précipitée sur la poignée.

— J'ai perdu la cerise de mon béguin !

Elle tendait dans sa main la cerise que j'avais autrefois fixée au béguin. Elle a ôté son chapeau de son chignon noué à la diable, et j'ai été sûre que la couture ne s'était pas défaite toute seule, on l'avait aidée. Je suis allée chercher mes ciseaux, mon fil, mon aiguille, et j'ai attendu que mon Angéline parle, assise comme toi, Ange, dans un fauteuil. Nous ne nous étions pas beaucoup parlé depuis son mariage avec Calixte. Elle vivait sa vie. Moi, j'avais vu entrer dans la boutique de ma mère un compagnon tonnelier qui prétendait acheter un chapeau de soie anglais, et j'étais devenue passablement aveugle au reste. Nous nous contentions de nous saluer, Angéline et moi, bonjour, bonsoir, comment vas-tu, sans rien nous dire. Zacharie et moi habitions au-dessus du magasin. Nous n'avions pas encore acheté le Maine-des-Chaumes. Elle m'a dit :

— Je peux te parler ?

Elle employait cette formule autrefois lorsqu'elle voulait me confier un secret à Fontfroide. J'ai retiré le bec-de-cane et j'ai fermé la porte de derrière qui conduisait à l'étage. Elle m'a dit :

— Je suis enceinte.

Je lui ai répondu :

— Ça ne se voit pas.

Elle a ajouté :

— Je pourrais en attendre deux que ça ne se verrait pas.

J'ai souri. J'ai deviné qu'elle n'était pas au bout de

son secret. Elle m'a dévisagée, l'air de se demander encore si je méritais d'entendre toute son histoire. Et elle a ajouté :

— Calixte n'est pas le père.

J'ai fini mon aiguillée. Elle n'y était pas allée de main morte en arrachant la cerise. Elle a soupiré :

— S'il l'apprend, il me tuera.

Je lui ai répondu :

— Pourquoi il l'apprendrait ? D'ailleurs qu'est-ce qui prouve qu'il n'est pas le père ?

— Nous faisons chambre à part depuis trois ans, depuis que j'ai découvert qu'il avait rendez-vous avec des filles pendant ses voyages pour vendre le cognac à Paris.

Angéline s'est levée en gémissant. Elle avait lourd à soulever. On ne pouvait pas soupçonner qu'elle était en espoir. Je lui ai demandé :

— Tu es enceinte depuis quand ?

Elle m'a dit :

— C'est à partir du moment où nous avons fait chambre à part que je suis devenue énorme : je me suis mise à dévorer. Tu te souviens, je ne mangeais rien autrefois, je n'avais jamais faim.

Elle s'est penchée sur mon ouvrage et a répondu à ma question :

— Cinq mois environ. Nous avons tout fait pendant sept ans pour avoir un enfant. Bien sûr, Calixte m'accusait d'être responsable...

Elle s'est appuyée sur mon épaule, comme autrefois au bord de la fontaine.

— Je veux le garder, cet enfant, tu comprends ?

— Quelqu'un le sait ? Le père ?

Elle ne m'a pas vraiment répondu. Elle m'a dit seulement :

— Ma mère est au courant.

Elle a marché vers la porte et, en regardant la rue :

— J'ai pensé que tu pouvais me sauver, Julie. Ton Zacharie vient de Vendée. Chaque année, j'accompagne ma mère qui va prendre les eaux à Châtelguyon au printemps. Penses-tu que la famille de Zacharie accepterait de garder l'enfant, le temps que je m'organise ?

Ce soir-là, dans ce magasin, je n'ai pas hésité, tu peux me croire, Ange. Je me suis levée.

— Attends.

J'avais fini de recoudre la cerise sur le chapeau. Je l'ai conduite jusqu'à cette glace et j'ai posé le béguin sur ses beaux cheveux.

— Bien sûr qu'on va t'aider à le faire, ce petit. Zacharie a des frères et sœurs en Vendée. Il t'accompagnera auprès d'eux.

Angéline a souri, et j'ai retrouvé sa malice d'autrefois lorsqu'elle avait réussi un joli coup de maillet au croquet. Quelquefois elle était capricieuse, et elle nous surprenait avec des fantaisies qui la rendaient insupportable. C'était Angéline à la fois attachante et désagréable. Les Dupas ont toujours eu une réputation de fantaisistes. Un Dupas est parti en 1829 avec une gabarre de cognac pour vendre ses eaux-de-vie en Chine, et on ne l'a jamais revu. Elle a descendu sa voilette. Elle m'a embrassée en disant :

— Tu te souviens, nous disions que nous partions en voyage. Nous montions dans les branches du tilleul. Nous ne répondions pas quand on nous appelait. Un jour Antoine s'est fâché. Il m'a poursuivie dans les branches. Il n'a pas pu me rattraper parce qu'il était plus lourd que moi !

J'avais pris la décision sur moi. J'ai eu peur de m'être engagée trop vite, sans en parler à Zacharie. Je n'étais allée que deux fois en Vendée. J'avais découvert des paysans qui vivaient misérablement. La dissidence leur donnait une force et un orgueil qui leur permettaient de survivre. Comment Angéline et sa mère allaient-elles se sentir dans ce monde-là ?

J'ai raconté la visite d'Angéline à Zacharie, qui a tout de suite été de mon côté. J'étais enceinte, moi aussi. C'était comme si nous avions attendu deux enfants. Le Calixte s'absentait pour ses affaires et mener la vie avec ses connaissances parisiennes. J'ai repris le chemin de Fontfroide comme autrefois. Nous nous parlions comme des comploteurs. Angéline, Léopoldine, sa mère, et Zacharie sont partis tous les trois un dimanche des derniers jours de mars. Le grand-père Salomon les a reçus comme Zacharie l'avait prévu, sans poser de question…

La tante Julie voulut donner la parole à Zacharie. Il secoua la tête : « Continue. » Elle se retourna vers la lampe qui crachotait sur la caisse et tourna la mollette de réglage. Elle sourit aux grands yeux purs d'Ange qui attendaient avidement.

— Sais-tu comment les Gaborit appelaient entre eux la maison où ils avaient installé ta mère et ta grand-mère ?

Ange fit non de la tête.

— Bethléem ! Tu es né le 9 avril. C'est Zacharie qui a eu cette idée de te déclarer sous le nom du mois de ta naissance pour brouiller les pistes en attendant qu'Angéline trouve les moyens de te reconnaître. Elle y était décidée. Elle avait dans l'idée de marchander ton retour à Fontfroide contre la liberté à Calixte d'entretenir les liaisons qu'il voulait. Elle était même prête à te reconnaître comme enfant trouvé pour lui épargner l'humiliation du mari trompé. Tu es resté en nourrice à Saint-Pierre, en attendant qu'elle vienne te rechercher. J'ai accouché de Laëtitia que tu n'as pas connue. Et puis le drame est arrivé…

Un papillon tournait autour de la lampe. Ses ailes grésillèrent contre le verre. Julie l'en décolla et posa son cadavre sur sa boîte à épingles.

— … Nous sommes allés à Fontfroide le soir de la tuerie. Nous n'avons pas su quoi penser. Calixte n'était pas là. Il ne pouvait pas être directement responsable. Gabriel Chauvet a été arrêté. Nous avons appris qu'il avait empoisonné toute la maisonnée au cyanure pour une dispute idiote. Qu'est-ce que nous pouvions faire ? Nous étions les seuls informés de ton existence. Sans Angéline, il était sûr que Calixte ne voudrait pas de toi. Quelqu'un t'a voulu plus fort que nous : Jérémie, le frère de Zacharie. Il avait sept filles. Il désespérait de ne pas avoir de garçon. Ils t'ont gardé, et tu as été leur fierté. Dans son malheur, ta mère avait obtenu pour toi l'abri le plus sûr. Les dissidents forment une île protégée du monde. Nous nous sommes demandé souvent, Zacharie et moi, si nous avions raison de te laisser là-bas. Après la mort de Laëtitia, nous avons décidé plusieurs fois de t'offrir de venir ici. Mais de quel droit ? Devions-nous te faire supporter le malheur qui coïncidait avec ta naissance ?

— Le tirage au sort m'a arraché à l'île des dissidents, dit Ange en se relevant brusquement.

Il marcha vers la porte pour dissimuler ses yeux. Il garda le silence puis, après un moment, la voix chevrotante :

— Savez-vous qui était mon père ?

— Angéline a emporté le secret avec elle. Elle a toujours refusé d'aborder la question du père. C'était quelque chose qui ne regardait qu'elle. Jamais, même après ta naissance, elle n'a évoqué cet homme. Il n'a peut-être été qu'un passant.

— Vous n'avez pas votre petite idée sur cet homme ?

Ange s'était retourné et scrutait son oncle et sa tante comme pour vérifier qu'ils ne dissimulaient rien. Zacharie décroisa les bras et caressa machinalement sa barbe.

— Tu te doutes que nous nous sommes posé la question. J'ai mené mon enquête. Angéline passait partout pour une femme irréprochable, plutôt à plaindre. Si Calixte n'avait pas été absent, les gens ne seraient pas allés chercher bien loin le responsable de l'hécatombe de Fontfroide. Je n'ai rien appris. On ne sait pas ce qui se passe derrière les murs de Charente.

— Les femmes et les hommes parlent parfois en achetant leurs chapeaux, ajouta Julie. Je n'ai pas entendu la moindre réflexion.

Le Westminster aux chiffres de nacre fixé au-dessus de la porte de l'arrière-magasin sonna neuf heures. Il était temps pour Ange de rentrer.

— Qu'est-ce que tu vas faire ? demanda Zacharie en posant affectueusement la main sur le bras d'Ange.

Ange haussa les épaules, le regard trouble. Il reprit son chapeau sur le comptoir.

— Je vais vivre avec mes fantômes. Je suis peut-être le plus dissident de tous les dissidents. J'épouserai une dissidente. Nous sommes des Vendéens fidèles, nous les Gaborit...

— Sache que notre maison t'est ouverte. Tu pourras venir quand tu voudras, et autant que tu voudras.

Zacharie enfonçait son béret sur sa tête.

— Je croyais que tu avais quelque chose pour lui... fit-il à Julie.

Elle se précipita vers l'arrière-boutique obscure, en revint avec un carton, sortit du papier de soie un chapeau de feutre gris perle, qu'elle effleura, brossa :

— J'ai voulu te faire un cadeau. J'ai choisi ce chapeau. J'espère qu'il te plaira. Allons, viens, lui dit-elle en le tirant vers le miroir. Zacharie, approche la lampe ! On n'y voit pas plus que dans une tombe !

Elle posa le chapeau sur la tête d'Ange, l'inclina sur le front.

— Il suffit que je voie une tête pour en connaître la mesure. Il est pile à ta pointure. Promets-moi de le porter. On voit mieux ta jolie figure qu'avec vos rabalets à large bord !

— Jolie figure ! grogna Zacharie. Ne le flatte pas trop. Il finirait par croire qu'il est beau.

Ils étaient réunis tous les trois devant la glace. La lumière de la lampe, au poing de Zacharie, accrochait la barbe blonde mal rasée d'Ange. Le jeune homme ne savait pas s'il devait sourire ou pleurer.

7.

Les vendanges approchaient de leur fin. Le pays était gonflé du parfum des grappes. Les tas de râpe le long des murs affolaient les insectes. Des haleines sucrées de fruits mûrs coupaient le souffle à l'entrée des chais. Les hommes parlaient fort pour se faire entendre par-dessus les cliquetis et les coups sourds des machineries de pressoir. L'excitation des premiers jours était passée, et une certaine nonchalance heureuse s'était emparée des travailleurs. La récolte se révélait belle. Le jus coulait à flots dans les tonneaux. Fallait-il craindre le phylloxéra ?

Les Gaborit, quant à eux, travaillaient à plein rendement. Les corps s'étaient habitués à la souffrance. Les bras frêles de Fridoline soulevaient les paniers pleins sans effort. Le lumbago de Samuel s'était évanoui. Il grimaçait encore en se redressant, autant par habitude. Ange n'avait pas voulu lui rendre sa hotte. Ses épaules blessées étaient guéries. L'électuaire à l'arnica de la tante Louise avait opéré des miracles. Il éprouvait maintenant du plaisir à sentir son fardeau peser dans son dos et à rester souple comme un animal trop fringant auquel on aurait ajouté un handicap. Il démarrait au premier appel :

— Porteur !

— J'arrive !

Il arpentait le coteau d'un pas alerte, en se disant : « Je pourrais être chez moi, et je suis un étranger ! » Il montait à l'échelle, balayait du regard la vallée, donnait le coup de reins pour vider la hotte.

— Tu bats ton oncle ! disait Gustave Robin. Ne va pas si vite. Je n'arrive pas à te suivre !

Ange riait. Des cris, des rires montaient de la brigade charentaise vaincue, loin désormais derrière les Vendéens, et en ayant pris son parti. Un soir, en rentrant la dernière charrette avec son cousin David, il fut rejoint par Louisette et Sylvette.

— Blondin ! Blondin ! viendras-tu danser chez Brissot, dimanche ?

Il haussa les épaules et s'apprêtait à suivre la charrette lorsqu'il se ravisa. Il s'arrêta sur le chemin.

— Je ne m'appelle pas Blondin, je m'appelle Ange.

— Oui, Ange, acquiesça Louisette, malicieuse.

Et son amie Sylvette pouffa.

— Me conduirais-tu à Fontfroide, dimanche ? demanda-t-il à Louisette.

Elle parut surprise.

— À Fontfroide ? Si tu veux.

Elle interrogea son amie du regard, réfléchit.

— On se retrouve au lavoir, derrière l'église, dimanche à trois heures !

Victor Marchoux arrivait à cheval sur le chemin derrière les filles. Il les houspilla du haut de sa monture :

— Qu'est-ce que vous faites là, les guêpes ? Ce n'est pas la route pour rentrer chez vous. Il faut que vous bourdonniez encore ! Allez, rentournez-vous-en !

Sylvette lui tira la langue dans le dos.

Ange avait recommandé à David de ne rien dire à personne. Le bourg de Martignac avait, ce dimanche après-midi plus encore que les précédents, une atmosphère de liesse. Les vendanges étaient terminées dans les petites propriétés et on y avait célébré la gerbaude la veille au soir. Les patrons avaient versé les salaires, et les jeunes désœuvrés erraient par bandes, serrant les pièces trouées dans leurs poches. Ils s'interpellaient en se croisant, marchaient vers les ponts en attendant l'ouverture du bal à quatre heures. Les filles étaient rares encore. Elles n'avaient pas obtenu l'autorisation de sortir déjà, sauf quelques effrontées dont la réputation n'était plus à faire.

Ange traversa le bourg tête baissée sous le rabalet, sans s'occuper des rires qui fusaient sur son passage. Louisette ne l'attendait pas au lavoir derrière l'église. Il continua jusqu'au pont sur le Brassiaud. Un grand vent froid miaulait dans les branches des ormeaux têtards. Il revint vers le chevet de l'église en frissonnant. La girouette sur le clocher piquait vers le nord-ouest. Il n'avait sur les épaules que son costume du dimanche à veste ronde, et il en releva le col. Il passait le lavoir lorsque Louisette, cachée sous une grande limousine bleue, surgit de derrière un contrefort, le saisit sous le bras et l'entraîna de l'autre côté du chemin.

— Viens, murmura-t-elle.

Elle le conduisit derrière la haie.

— Nous allons suivre le bord du Charenton, nous serons plus tranquilles. La terre enfonce, méfie-toi. Tu pourrais bien gâter tes souliers du dimanche !

Ange retrouvait les relents du parfum à l'œillet, et cette odeur suffisait à accélérer les battements de son cœur. Elle leva vers lui ses yeux hardis et, malgré son front bas, il la trouva jolie. Elle lui prit fermement la main entre ses doigts tachés durcis par la vendange.

— Suis-moi.

Et elle avança sur le sentier étroit au bord du fossé sans le lâcher, gardant la main d'Ange au chaud sous la limousine derrière son dos. Elle lui disait :

— Attention ! Là, c'est sale !

Elle lui lâchait la main pour retrousser sa jupe et enjamber une flaque. Elle la reprenait aussitôt. Il se laissait faire. Tout à coup, elle lui demanda :

— Tu veux connaître la maison des morts ? Nous sommes passés derrière celle de l'empoisonneur.

Elle se retourna et, du doigt, désigna à travers les branches une petite maison au toit rouge. Ange sentit ses jambes ramollir. Il ne répondit pas.

— La mère de l'empoisonneur, la Ménie, est encore vivante, mais elle n'est pas en très bon état.

L'eau du Charenton était d'une limpidité de source. Elle courait avec ardeur, circulait parmi les lentilles qui frissonnaient. Une famille d'écrevisses dans les racines d'un frêne fut surprise par leur apparition ; elles se dissimulèrent sous la berge noire. Ils remontèrent ainsi tout le village par les derrières. Le soleil glacé par le vent brillait comme un astre froid.

— On a commencé les vendanges en été, on pourrait les finir en hiver, dit Louisette. Et alors, gare !

Elle bougea les doigts et il devina les morsures du froid sur ses mains. Ils arrivèrent à un embranchement de fossés, et s'arrêtèrent. Elle montra les peupliers.

— C'est là, dit-elle à voix basse, devenue craintive et mystérieuse. Le Malajas a un doberman qui est une sale bête.

Elle scruta à travers les troncs.

— Il le lâche quelquefois dans son ouche pour faire peur aux braconniers qui mettent des engins dans le ruisseau. Il doit l'avoir enfermé dans sa cour. On y va ?

Ses yeux brillaient dans l'excitation du danger. Elle laissa aller son épaule, une seconde, contre celle d'Ange. Elle pesa de tout son corps sur lui, et il respira le parfum violent à travers la laine de la limousine. Un tronc d'ormeau jeté sur le ruisseau servait de pont. Ils s'avancèrent à travers la plantation de peupliers, s'efforçant de se cacher derrière les troncs. Les cimes se plaignaient. La terre plus molle que sur le chemin cédait comme une éponge. Ils s'approchèrent du bassin de pierre qui ceinturait l'œil de la source, se serrèrent contre un tronc sur un tapis de feuilles mortes.

— C'est ça, Fontfroide…, fit-elle.

L'eau moutonnait à la surface du lavoir et bouillonnait dans le fossé par-dessus la martelière. Le trottoir de dalles avait été récemment balayé. Ange voulut s'y avancer. Louisette le retint.

— On te verrait de la maison !

Elle montra la haute architecture à travers les peupliers. Elle dégrafa sa limousine et, avec un rire malicieux, y enferma Ange avec elle.

— Tu seras plus au chaud, dit-elle en riant. Tu vois, tu trembles…

Ses mains s'activèrent pour le réchauffer. Ange faisait des efforts pour se contrôler mais le vent qui miaulait le rendait fou. Cela n'empêchait pas la coquine de lui babiller à l'oreille :

— C'est là-bas que ça s'est passé. Je n'étais pas née, mais j'ai tellement entendu raconter l'histoire que j'ai l'impression que j'y étais. Tu vois les lauriers-cerises ? C'est une tonnelle que Calixte taille deux fois chaque année. Le domestique Joseph a roulé à ses pieds. Il n'était pas encore mort lorsque Ménie l'a trouvé. Il s'était traîné sur les cailloux parce que Biel, l'empoisonneur, s'était sauvé vers les peupliers et était monté dans les branches où il est resté toute la soirée. Tu aperçois les balustres de pierre ? Angéline Malajas était tombée là-bas. Elle avait renversé avec elle la table et les chaises de jardin.

La gorge d'Ange se serrait. Louisette, qui s'amusait, en profitait pour le serrer un peu plus fort et le picorer de bécots. Il se dégagea, irrité :

— On s'approche un peu plus ?

Elle grimaça.

— Tu ne verras pas mieux.

Ange se libéra de son étreinte et s'avança quand même. Elle le rejoignit derrière un peuplier et, comme il se laissait envelopper par l'odeur de la laine et de l'œillet, elle recommença à chuchoter :

— Les trois autres étaient à l'intérieur, la grand-mère Léopoldine, la cuisinière Brigitte et le domestique Ambroise, tous trois parfaitement morts, de la daube encore dans la bouche…

Joignant le geste à la parole, elle investit celle d'Ange, s'en retira avec un gémissement satisfait, s'essuya les lèvres d'un revers de main. Ange restait de glace, ne quittant pas des yeux la maison, sentant son cœur se vider à imaginer de si près les péripéties de la tragédie. Louisette montra la maison.

— La tour, au bout, n'existait pas encore. Le Calixte l'a ajoutée, il y a cinq ans. On se demande pourquoi. Il a voulu se donner des airs de châtelain avec ce toit pointu d'ardoises et cette aiguille en fer de paratonnerre.

— J'y vais ! dit Ange.

— Le chien ! lui répondit Louisette en essayant de le retenir par le pan de sa veste.

Il lui échappa. Il souleva la clenche de la petite porte du jardin, mais elle était verrouillée. Il prit son élan, se pendit aux tuiles du mur, appuya les pieds entre les pierres. Il allait enfourcher le mur lorsqu'un aboiement furieux retentit, suivi d'une galopade sur les cailloux. Une haie de grands bambous frottait ses branches près de lui avec des bruissements de papier. La tonnelle de lauriers-cerises taillée au cordeau le gênait pour voir. Un chien noir et feu déboula les oreilles dressées, souple comme un grand fauve. Il s'élança contre le mur, s'agrippa des pattes, donna de furieux coups de reins en aboyant. Ange ne bougeait pas. Il avait dans les yeux la vision obsédante d'une femme effondrée sur la terrasse parmi les chaises et la table de jardin. Cette femme était sa mère. Il avait envie de crier. Il aurait peut-être sauté dans le jardin malgré les crocs du molosse. Mais une voix d'homme claqua par-delà la frondaison verte de la tonnelle :

— Brigand, qu'est-ce que tu as ?

Brigand continuait de darder ses crocs vers le chapeau d'Ange au ras du mur.

— J'arrive ! dit la voix menaçante.

Des pas froissèrent les cailloux. Ange se sauva.

— Dépêche-toi ! s'écria Louisette.

Ils s'élancèrent parmi les peupliers, franchirent le ruisseau sur le tronc d'ormeau comme s'ils étaient poursuivis par le diable, se retournèrent. Un homme les regardait s'enfuir, tenant le chien en laisse dans la porte de l'ouche.

— Tu es fou ! lança Louisette, inclinée pour reprendre haleine. Je t'avais prévenu. Si le Calixte voulait, il pourrait encore nous envoyer son chien.

Ils coururent sur le chemin du bord du Charenton, s'arrêtèrent dans les relents d'un pied de buis, à bout de souffle. La capuche de Louisette était tombée. Le nœud de velours qui contenait ses cheveux s'était défait, et elle se mit à réajuster sa coiffure, les épingles dans la bouche.

— Tu veux que je t'aide ? proposa Ange, pour se faire pardonner.

— Laisse-moi ! gronda-t-elle. Tu es fou !

Il lui tourna le dos, les mains dans les poches. Il frotta dans l'herbe ses souliers du dimanche crottés. La cloche de l'église sonnait les vêpres.

— Va-t'en devant ! lui commanda-t-elle, la capuche ramenée sur la tête.

Il hésita, et s'en alla. Elle l'appela :

— Attends !

Elle s'approcha, prit sa bouche, et l'embrassa en serrant le col de sa veste.

— Tu es complètement fou ! répéta-t-elle.

Elle le regardait fixement dans les yeux.

— Je me demande si tu n'aurais pas été content qu'il lâche son chien !

Ange fonça au cimetière de Martignac. Les chapelles mortuaires s'alignaient le long du mur de l'est. Elles rivalisaient de dentelle de pierre, de frises fleuries, de couronnes, de colonnes à l'antique. Il vit celle qui était surmontée d'une pigne, comme sur les piliers du portail. Il lut l'inscription sur le chapiteau : *Famille Dupas*. Et puis en dessous, sur une plaque de marbre noir, à l'entrée d'une case : *Angéline Malajas, née Dupas*.

Il tomba à genoux sur les cailloux et, frappant la pierre de ses poings noircis par la vendange :

— Ma mère ! gémit-il. Ma mère !

Le vent inclinait la tête du cyprès au-dessus de lui.

Le petit jour découvrit des vignes toutes blanches de gelée, le lendemain matin, et tous les matins de cette dernière semaine de vendange. Le thermomètre descendit à moins cinq. Le vent du nord figea le pays dans une immobilité de cristal. La lumière du jour avait une crudité inhabituelle. La nuit, les étoiles descendirent plus près de la terre, et l'on entendit dans tout Martignac le grondement de la Charente sur la chaussée du Pont Bouée.

Les vendangeurs travaillaient en silence. Les raisins étaient glacés et durs comme des billes. Ils collaient à la peau et faisaient saigner les mains gercées. Le grand-père Salomon s'ouvrit le dos de la main contre une écharde de cep. Le sang coula longtemps, il l'essuya avec son mouchoir, puis une lymphe rosée suinta.

— On croit s'endurcir en vieillissant, soupira-t-il, mais c'est tout le contraire ; plus le temps passe, plus la peau devient fragile comme du papier !

Une brume lourde pesait dans les creux. Louise avait enveloppé les poignets de ses petits dans des bandelettes de coton. Les phalanges restaient quand même à découvert, et le froid les brûlait. Les larmes roulaient sur les joues des enfants aux heures les plus rudes. Mais ils pleuraient en silence : ils étaient des Gaborit, et les Gaborit devaient être les premiers arrivés au bout du rang.

L'attention d'Ange fut détournée par le passage d'une voiture, un après-midi plus doux. Il allait vider sa hotte dans la cuve au bord de la route, lorsque apparut un cabriolet à capote conduit par une jeune fille emmitouflée dans un grand châle de laine blanc. On aurait dit la passagère enfoncée dans une bulle d'ouate. Les naseaux du cheval fumaient. Les sabots claquaient sur la route durcie par les gelées. Les mains gantées, tenant les guides, émergèrent de l'écharpe pour fouetter la croupe acajou. Lorsque la voiture passa, Ange fut saisi par la douceur du visage rosé au milieu des flocons de la laine. Il croisa le regard de la conductrice un instant, le temps d'un éclair. Il sentit sa poitrine se serrer, resta planté en haut de l'échelle. Il pivota pour vider son fardeau dans la cuve, et se dit, le cœur réchauffé : « La beauté, c'est comme si on se rapprochait du soleil. » La jeune fille se retourna, se pencha à la capote, pour le regarder encore. Il se redressa, hésitant à lui sourire. Elle était passée.

— Porteur !

Gustave Robin arrivait avec sa hotte.

— C'est Amélie, dit-il, en voyant Ange suivre le cabriolet du regard. C'est la plus jeune des Boissière. Elle est venue pour la gerbaude et la fête de la Toussaint. Elle n'est pas pour toi. Les filles de propriétaires ne sont pas pour les domestiques.

Il ne resta plus à vendanger, le vendredi après-midi, qu'une petite pièce du côté des bois. Tous les vendangeurs s'y rendirent en cortège et cueillirent les dernières grappes avec des cris et des rires joyeux. Ils n'avaient pas l'impression de travailler. Ils prenaient leur temps, regrettant presque d'avoir fini. Quelqu'un demanda qui allait monter la gerbaude, le genévrier fleuri et orné de belles grappes, au sommet de la cuve. La Fouine réclama pour lui cet honneur. Mais Louisette avait déjà battu le rappel, et son amie Sylvette s'interposa :

— C'est à Ange de fixer la gerbaude ! Il l'a bien mérité !

— Tu as raison, reconnut Gustave. Il m'en a fait voir de toutes les couleurs !

Ange regarda son oncle Samuel.

— Vas-y, l'encouragea l'oncle.

Ange monta à l'échelle et fixa le genévrier au bout du mât. Ils rentrèrent chez Boissière en criant : « À l'oie ! À l'oie ! » Louisette et Sylvette avaient accaparé Ange et l'obligeaient à rester entre elles en le tenant par le bras tandis qu'elles chantaient :

Sans mentir, j'aimerais mieux,
Un jeune fou, qu'un vieux...

Louisette pressa le bras d'Ange et lui cligna de l'œil. Dès qu'ils croisaient quelqu'un sur le chemin, les cris fusaient : « À l'oie ! »

— Vous avez donc fini ? lançaient les passants réjouis. C'est la gerbaude !

Ils appelaient ainsi la fête de la dernière grappe, par analogie avec la dernière gerbe.

Le pressoir fut chargé pour un dernier pressurage. Les vendangeurs se lavèrent et s'habillèrent, attendant la sonnerie de la cloche. Ils s'avancèrent lentement à travers la cour d'honneur des Boissière. Un palmier en marquait le milieu, ceint d'un rond de petits buis. Des amphores ventrues plantées de rosiers nains ornaient les trois marches du perron. M. et Mme Boissière accueillirent leurs hôtes dans le vestibule, tendant la main à chacun avec un mot aimable. Les vendangeurs se découvraient et répondaient avec maladresse. Mme Boissière, vêtue d'une tournure à l'ancienne, s'adressait surtout aux femmes qui avaient œuvré dans ses vignes depuis un mois. Elle les interrogeait sur leurs enfants. Elle vit Ange et le tira dans la lumière.

— C'est donc vous ?

Elle le dévisagea avec insistance.

— Comme c'est curieux !

Son mari toussota.

— Marthe, voyons !

— Comme c'est curieux, fit-elle en se reprenant, que vous soyez si blond !

Ange, intrigué, se demanda si c'était bien la vraie raison de sa perplexité. Elle lui sourit et répéta ce qu'elle disait déjà à tout le monde :

— Nous sommes trop nombreux. Nous ne tiendrions pas tous dans la salle à manger. Alors nous avons disposé des tables dans le salon.

C'était ainsi chaque année. Les portes en vis-à-vis de la salle à manger et du salon étaient ouvertes sur deux grands feux qui crépitaient dans les cheminées des murs du fond. Les invités hésitaient à choisir l'une ou l'autre. Mme Boissière désignait la porte de gauche.

— Nous allons prendre le pineau ensemble dans la

salle à manger, et nous nous séparerons, les jeunes avec les jeunes, les vieux avec les vieux.

Claudine, la fille de la cuisinière, remplissait les verres alignés sur une enfilade. Le parfum de l'alcool se mêlait à l'odeur des vignes et des chais qui imprégnait la maison. Les souchots flambant ardemment dans la cheminée ajoutaient aux odeurs de vendange. M. Boissière, les cheveux collés en arrière, leva son verre :

— Buvons à la belle vendange de cette année ! dit-il en s'adressant plus particulièrement à Victor Marchoux. Je vous remercie, mes amis, vous avez bien travaillé. Si les calculs sont exacts, nous devrions atteindre les cinquante hectos à l'hectare avec une moyenne de 8 à 9 degrés. Cela devrait nous donner cinq hectolitres d'alcool pur à l'hectare. Dans le contexte actuel, nous pouvons considérer 1878 comme une bonne année. Souhaitons de nous retrouver tous ensemble l'année prochaine. À votre santé à tous !

Le pineau des Boissière était réputé. Cela n'allait pas sans la qualité des vieux cognacs, mais aussi un savant assemblage d'eaux-de-vie et de jus de raisin. La permission de l'alcool était accordée aux Gaborit pour la gerbaude. Seul le vieux Salomon, imperturbable dans sa continence, avait réclamé de l'eau, accompagné par Honorine, qui demanda tout de même à son fils Samuel, lorsque son mari eut le dos tourné :

— Fais-m'en goûter un peu !

Les vieux restèrent dans la salle à manger. Les jeunes s'installèrent autour des tables en U du salon. Les enfants Boissière s'étaient réservé une extrémité avec des fils et filles de propriétaires invités pour la fête. Amélie se trouvait au milieu d'eux, en robe bleue, ses nattes de cheveux châtains enroulées en couronne autour de la tête. Ange était assis à l'autre extrémité du U, près de son cousin David et de Louisette qui l'avait tiré par la manche et le tenait au chaud, sa cuisse lourde appuyée contre la sienne.

Les adultes parlaient du phylloxéra. Victor Marchoux évoquait un traitement réputé efficace au sulfure de carbone, à l'aide d'un pal à injecter, mais il n'y croyait guère. Gustave Robin avait entendu dire qu'on avait repéré des taches rouges sur les feuilles à Barbezieux. Le puceron attaquait toujours en traître. Interrogé par le gouvernement sur la présence de la maladie en Charente, le sous-préfet de Jonzac avait répondu : « Jusqu'ici le phylloxéra n'est point apparu dans nos contrées. » Huit jours plus tard, on le trouvait à quelques kilomètres au nord de Jonzac.

Les crépinettes servies avec des choux furent suivies du coup du milieu. Ange leva son verre de cognac comme tout le monde et se rappela les conseils de son oncle. Il sentit dévaler en lui l'âme de ce pays. Il but les collines aux épaules rondes, la pierre blanche, les frondaisons sur les hauteurs. Le fameux ranciot dans l'arrière-gorge lui distilla son feu doux. Il osa fixer Amélie, là-bas, à son extrémité de table et lui adresser un sourire. Les cheveux de la jeune fille accrochaient toute la lumière. Elle lui rendit son sourire. Il leva son verre à sa santé. Bientôt, il eut l'impression qu'ils n'étaient qu'eux deux autour de la table.

L'oie dorée arriva, sous les applaudissements. Louisette chanta : « J'ai tant pleuré pour toi, tant prié sans t'attendrir, méchante… » Et sa jambe se pressa plus fort contre celle d'Ange. La Fouine, un peu plus loin, tendait le bras et la bouteille en plaisantant, et encourageait Ange à boire. Ange tendait son verre.

À la fin du repas, Gustave Robin, qui faisait la navette entre les deux salles, proposa la visite du magasin d'eau-de-vie. M. Boissière tendit la clé à son fils aîné à travers la fumée de son cigare.

— Ne buvez pas tout !

Mme Boissière appela sa fille.

— Amélie, apporte ta chaise, viens t'asseoir avec nous !

Ange se faufila pour rejoindre la jeune fille qui se levait.

— Vous ne venez pas ?

— J'irais bien avec vous…, murmura-t-elle, mais…

Elle rejoignit la salle à manger des adultes. Le froid

de la nuit était suffocant. Les étoiles dans le ciel gelé s'étaient rapprochées encore. Le mugissement de la Charente s'entendait nettement. Ils se précipitèrent à l'abri dans le magasin. Gustave Robin et le fils Boissière portaient des lanternes qui éclairaient le troupeau serré des fûts. Ange ne voyait rien, n'entendait rien. Il était encore avec Amélie. Il rêvait à la lumière de son sourire. Il suivit le fils Boissière qui avait pris un maillet, une pipette et ils montèrent sur les barriques. Les garçons suivirent, les filles restèrent dans l'allée avec la lanterne de Gustave. De temps en temps, le fils Boissière s'arrêtait, débondait, versait le cognac dans le verre.

Ils se passaient le verre, se mouillaient la langue. Les toiles d'araignée tombaient des solives. Le fils Boissière débondait encore. Ange n'entendait pas les explications sur l'âge et l'origine.

— Nous approchons du paradis ! dit le fils Boissière en désignant le fond du magasin.

Il y avait là, sur un lit de gravier, des bonbonnes dans des berceaux noircis de moisissures. Ange entendit vaguement parler d'une eau-de-vie de 1802.

Les filles appelèrent, à l'autre bout du magasin.

— Nous allons leur apporter le soleil d'Austerlitz ! fit Boissière en débouchant la bonbonne étiquetée 1802.

Ils revinrent par le chemin des fûts et formèrent un rond pour déguster le cognac. Le soleil d'Austerlitz éclairait les visages et les yeux s'embrumaient. Louisette tournait autour d'Ange. Elle lui tendit son verre de cognac et il sentit sa main chaude dans son dos sous sa veste tandis qu'elle lui murmurait à l'oreille :

— Je t'attendrai dans la grange. Tu viendras quand ils seront endormis.

Il chercha ses yeux dans la pénombre. Les invités à la gerbaude quittèrent la maison Boissière ensemble. Les bruits de leurs pas et leurs rires s'éteignirent dans la nuit froide. Les Gaborit rejoignirent leur chambre commune. Ange tomba sur son lit, les bras en croix, et sombra malgré lui dans un profond sommeil.

Il s'éveilla plus tard, la tête lourde, la bouche brûlante. Il se rappela, et fut complètement réveillé. « Je suis sûr qu'elle est là. Elle m'attend. » Les ronflements réguliers de l'oncle berçaient le sommeil de la chambrée. Ange leva la tête de dessus son oreiller. « Je vais sortir uriner. J'en ai le droit. Si on me demande quelque chose, je dirai la vérité. » Il s'assit au bord du lit, et chancela. « J'ai trop bu, hier soir. Les vapeurs d'alcool ne sont pas dissipées. »

Il se rappela la tablée de la gerbaude, les yeux d'Amélie, et se sentit coupable. Il s'insinua entre les lits, nu-pieds, les sabots dans les mains. Il sortit dans la cour. Il eut l'impression que la nuit inclinait vers le jour. Du brouillard s'élevait par bouffées. Est-ce qu'il avait dormi si longtemps ? Il s'élança presque en courant à travers la cour, pieds nus sur la terre gelée. La petite porte de la grange s'ouvrit en gémissant. L'odeur du foin l'assaillit. Il hésita, chaussa ses sabots. Il s'avança, ne vit rien, appela :

— Louisette ?... Louisette !...

Il entendit à peine un frôlement, mais reconnut son parfum. Elle pointa le doigt vers sa poitrine, et il crut plus prudent de reculer.

— Je t'attends depuis plus d'une heure, je n'ai pas dormi !

Il la découvrait dans le rectangle de la porte, échevelée, le chignon défait, le corsage en bataille. Il essaya de se défendre :

— Je n'ai pas réussi à me réveiller.

Elle ricana :

— Et maintenant que tu es réveillé, tu viens chercher ton petit cadeau !

Il tendit le bras vers elle. Elle lui frappa les mains.

— Ne me touche pas ! Tu me prends pour qui ? Tu es comme un enfant gâté à qui on satisfait tous les caprices.

Il baissa le nez. Elle se tenait à quelques centimètres. Il sentait la tiédeur de son souffle.

— Excuse-moi.

Elle cria, et il eut peur qu'on ne l'ait entendue dans la chambre. Elle le prit par le bras, claqua la porte derrière lui, et l'entraîna par la manche à travers la grange obscure. Il reconnut à l'odeur qu'elle le conduisait vers des balles de luzerne parfumée. Il pensa, amusé et ravi, en basculant dans ces effluves poivrés qu'il ne regarderait plus jamais comme avant un champ de luzerne. Et il en aima davantage Louisette.

Les Gaborit quittèrent Martignac le lendemain à midi. Victor Marchoux avait remis le salaire de la famille à Samuel, une petite fortune équivalant au salaire d'une année de travail de trois valets en Vendée. De cette somme, il fallait soustraire les frais du voyage, quasiment économisés sur le vin, puisque les Gaborit ne buvaient pas. Le repas de la gerbaude était offert par les patrons.

L'oncle Zacharie vint avec sa charrette pour les convoyer à la gare de Châteauneuf. Il guetta le moment où Ange se trouvait seul.

— Tu as une petite mine. Vous avez bien arrosé la gerbaude, hier ?

Puis il demanda :

— Qu'est-ce que tu vas faire ?

Ange n'avait pas les idées bien nettes. Il s'appuya à la ridelle de la voiture et, en cherchant ses mots :

— Je retourne à Saint-Pierre. La tante Julie et ma mère ne s'étaient pas trompées en me confiant aux dissidents.

M. Boissière entra dans la cour au moment du départ des voitures, vêtu de son habituel costume de cheval en velours, les mollets serrés dans de grosses chaussettes de laine.

— Ne descendez surtout pas ! exigea-t-il, alors que les Gaborit s'étaient levés.

Il serra seulement la main de Salomon.

— Au plaisir de vous retrouver l'année prochaine. Je pense aussi à moi : si vous êtes là, c'est qu'il y aura à vendanger !

Tandis que les voitures roulaient entre les deux grands cèdres, entraient dans l'allée de sapins, Ange guettait sous le porche, sur les terrasses, aux fenêtres, espérant voir apparaître le visage d'Amélie couronné de tresses. Il ne vit pas non plus Louisette en traversant Martignac. Le bourg était désert. C'était l'heure du déjeuner. Une bise aigre courait dans la rue, agitant les lampions du café Brissot.

Ils montèrent le Rompi. La voiture de Victor Marchoux venait devant, grand-père Salomon assis près de lui. Un mois plus tôt, les coteaux portaient leur parure d'automne. À présent, la Charente avait mis sa robe d'hiver. Les ceps tendaient leurs bras noirs décharnés, sans feuilles, sans fruits. Il y avait aussi de la beauté dans ces vastes étendues désolées, quadrillées de vignes. Cette austérité convenait à ceux qui partaient en vêtements sombres, chapeaux et kichenottes d'un autre âge.

III

LE MAINE-DES-CHAUMES

8.

Ange revint au mois de mars de l'année suivante. La Charente débordait.

Il avait suivi sa vallée en train, entre Angoulême et Châteauneuf, et il avait mesuré l'importance de la dérivée. La rivière s'était étalée partout. Elle noyait les tanneries de Sireuil, se heurtait contre le tablier du pont, et s'écoulait en vagues nerveuses par les côtés, agitée de grands remous moirés déchirés de zébrures d'acier. La houle venait lécher jusqu'au terre-plein où reposait le ballast de la voie, heureusement édifié à une hauteur satisfaisante. Ange s'était assis au fond de la voiture de troisième classe. Il écoutait les passagers parler du temps avec l'accent traînant des gens du pays. Il avait laissé le trop voyant rabalet dans sa valise pour se coiffer du chapeau offert par sa tante Julie.

Il descendit en gare de Châteauneuf entre chien et loup. Le crachin fouettait à gouttelettes serrées, et Ange se sentit aussitôt transpercé. Il posa sa valise de bois sur le trottoir de l'hôtel de ville, chercha à travers la pluie la vitrine de la tante Julie, n'y aperçut pas de lumière. Quand il sortit de Châteauneuf, il faisait nuit noire. Il fut doublé par des voitures au trot pressées de rentrer.

Il aurait au moins aimé leur demander sa route. Il n'avait pas imaginé une nuit si obscure et un temps si bouché. La pluie l'aveuglait. Il ne reconnaissait rien. Le Maine-des-Chaumes était à dix minutes en voiture de Châteauneuf, lui avait dit l'oncle Zacharie. Il tourna pendant deux heures dans une campagne où il n'y avait âme qui vive. Il s'enfonça dans des chemins de vigne, y remplit son soulier dans une ornière, traversa un grand bois à faire peur s'il n'avait pas été aussi furieux contre sa sottise et son manque de sens de l'orientation. Il fut, en effet, convaincu d'avoir tourné en rond lorsqu'il se retrouva à la sortie de Châteauneuf. Il allait capituler et se décider à frapper à un porche clos pour demander son chemin, lorsqu'il s'aperçut qu'il était arrivé au Maine-des-Chaumes.

Il frappa au heurtoir de la porte piétonnière. Zacharie ouvrit, emmitouflé dans un épais cache-col de laine.

— C'est toi ?

Il chassa la chienne, toussa :

— Je me suis enrhumé, ça m'est descendu sur les bronches.

Il avait enfoncé son bonnet jusqu'aux oreilles.

— Entre vite !

Il poussa Ange vers la cuisine. La tante débarrassait la table.

Elle joignit les mains.

— Mais il est tout mouillé ! Pourquoi ne nous as-tu pas prévenus ?

Elle lui enleva son chapeau.

— Regarde dans quel état tu as mis ton chapeau !

Il était mouillé jusqu'aux os. Son paletot et ses culottes étaient enfondus. Ils jetèrent un fagot de javelles dans la cheminée et l'obligèrent à se tenir près du feu. La tante apporta de grandes serviettes. Il se déshabilla et présenta son dos et sa poitrine aux flammes, en caleçon long. La tante lui tendit une chemise et un pantalon de l'oncle en considérant avec le sourire sa poitrine blanche lustrée de poils blonds. Elle le prit par les favoris taillés très ras qu'il s'était laissés pousser et qui lui élargissaient le visage.

— Tu as l'air d'un pirate anglais !

Ange la trouva plus vieille qu'au dernier mois d'octobre. Était-ce parce qu'ils étaient comme deux vieux, tout seuls, dans leur grande maison ? La tante lui remplit une assiette de soupe et l'oncle, dont la poitrine sifflait, s'assit auprès de lui sur le banc.

— Je savais que tu reviendrais, dit-il, la voix enrouée. Je me demandais seulement comment tu t'y prendrais pour partir. Ça n'a pas été trop difficile ? Lequel a résisté le plus, ton père ou ton grand-père ?

— Aucun des deux. C'est moi qui ai mis du temps à me décider. Je savais qu'en partant je leur déchirais le cœur. Mais l'envie de partir a été la plus forte.

— Qu'est-ce que tu veux faire ? Tu veux apprendre mon métier ?

Ange haussa les épaules.

— Je veux savoir.

— Quoi ?

— Tout. Vous m'avez appris des choses sur ma mère. Je veux comprendre. Depuis que je sais, je ne me suis pas endormi une fois sans y penser.

Zacharie s'inclina, fut secoué par une quinte de toux, reprit, la voix cassée et se raclant la gorge pour l'éclaircir :

— Crois-tu que tu trouveras quelque chose vingt ans après ? Vingt ans, c'est long. C'est toute la longueur de ta vie…

— Vous m'aviez proposé de travailler avec vous. Est-ce que ça tient toujours ?

Le rire secoua la poitrine de l'oncle.

— Grand benêt, je ne suis pas une girouette, je ne change pas d'avis comme ça. Demain matin, nous allumons le feu. Tu verras comment on cintre les barriques. Ton coup de main arrive au bon moment puisque je ne suis pas très en forme.

Ange pensa : « Dans l'état où vous êtes, mon oncle, vous resterez peut-être dans votre lit, demain. »

Ils le conduisirent à sa chambre et il eut du mal à s'endormir. La tante avait pourtant mis le moine pour réchauffer la literie, mais les draps étaient moites, la paillasse bourrée de panouilles n'avait pas le même bruit ni la même odeur que celle de Saint-Pierre. Il écouta le vent mouillé de pluie battre les volets, se rappela les bouillonnements de la Charente débordée. Il pensa à ceux qu'il avait quittés, à sa mère Gaborit qui ne disait rien. Ses yeux s'étaient emplis de larmes en l'accompagnant dans la cour. Son père avait baissé la tête et avait dit :

— Il y avait du vent de galerne comme aujourd'hui lorsque ta mère est arrivée chez nous avec son bébé dans les bras. À cause de l'air, elle te cachait la figure avec son foulard.

Il s'endormit sur les images mêlées d'Amélie et de Louisette.

L'oncle l'éveilla en frappant à sa porte, le lendemain matin. Il ne respirait pas mieux. Il précéda Ange dans la cuisine à pas pesants sur ses savates de feutre défoncées. Il s'empoigna le nez avec son mouchoir… La tante grillait le pain dans la cheminée. Le parfum du café se mélangeait à celui du pain.

— Comment vous sentez-vous, mon oncle ? demanda Ange.

— Pas brillant, grogna-t-il. Mais ça ira mieux tout à l'heure. Je ne suis jamais éclatant au saut du lit, tu t'en apercevras si tu restes avec nous.

Il regarda le petit jour derrière les carreaux.

— Je crois qu'il ne pleuvra pas aujourd'hui. Nous pourrons allumer dans la cour.

Il prit la bouteille de cognac et en versa dans son café.

— C'est avec ça que je me soigne !

L'odeur de l'alcool au lever tournait le cœur d'Ange. L'oncle sourit, ajouta quelques gouttes pour faire bonne mesure.

— N'essaie pas d'entrer en compétition avec lui, l'avertit la tante en apportant une pile de grillées, c'est un ogre !

Elle appuyait en même temps affectueusement sa main sur la large épaule de Zacharie.

— Je ne suis pas un ogre, se défendit-il, je me nourris et je m'abreuve selon mes besoins.

Il se releva de table, ragaillardi. Il fit trois pas vers la porte et se ravisa, revint vers la cheminée.

— J'oubliais ma mariée ! s'exclama-t-il.

Il donna à la tante un gros bécot bruyant.

Ange n'avait jamais vu son père et sa mère s'embrasser. Il suivit l'oncle qui ouvrit les deux battants du portail de la tonnellerie, libérant une puissante odeur de cave et de bois neuf.

— J'ai toujours deux compagnons, dit Zacharie. Je les paie aux pièces. Ils travaillent avec leurs outils. Je ne possède guère de plus qu'eux que le basset, l'ours et la bigorne.

Il lui montra ces outils, et puis :

— Bon. On va sortir les grâlasses !

Il désignait des braseros grillagés qu'ils remplirent de copeaux. Ils y allumèrent le feu dans la cour, installèrent dessus les barriques neuves ouvertes en éventail. L'oncle confia à Ange la tâche de les mouiller à l'extérieur avec un chiffon trempé d'eau. Les tisons volaient par les cheminées des tonneaux. Le vent les emportait par-dessus les tuiles. Il fallait, disait l'oncle, que le bois fût chaud au travers.

C'est ce qui arriva lorsque le chêne se mit à fumer au-dehors. Les trois tonneliers entourèrent alors la base écartée des douelles avec les cabestans et resserrèrent doucement. Le bois se cintra en se plaignant un peu. Ils engagèrent ensuite les premiers cercles et les enfoncèrent au marteau. Le compagnon Corrézien-Doloire-Vive rejoignit Zacharie à son tonneau, et sans s'être donné le mot ils frappèrent en cadence, s'amusant au bat à deux. Le compagnon Fil-en-Trois s'y mit à son tour, et cela devint du bat à trois. Ils frappaient à tour de rôle, le tonneau résonnait comme un tambour. Zacharie donna le coup de marteau final. Et Corrézien proclama, ravi :

— C'est le chant de la barrique qui vient au monde dans les pays des vignes !

Ange comprit qu'ils n'avaient pas raté l'occasion,

profitant de sa présence, pour montrer de quoi ils étaient capables.

Ce soir-là, après avoir raccompagné ses compagnons sous le porche, Zacharie dit à Ange en contemplant le couchant limpide :

— Les grosses pluies sont passées. C'est à la descente de la dérivée que c'est bon pour la pêche. Viendras-tu avec moi, demain ? Nous déjeunerons sur le pouce et nous irons tendre les engins. Tu ne diras rien à Julie, à cause de ma bronchite !

Il n'avait pas quitté son cache-nez et son bonnet de laine de la journée. Sa poitrine continuait de pleurer comme un soufflet de forge, et il toussait, et se mouchait, mais il tenait sa place au travail.

Ils chargèrent les nasses en filet et en osier à l'arrière de la voiture à cheval, et les dissimulèrent sous des sacs de jute. Ils descendirent par des chemins discrets entre les vignes. À cette heure d'après-midi, les champs étaient vides. Des fagots de javelles rassemblées par les tailleurs étaient alignés dans les rangs. Ange sentit son cœur se serrer en passant derrière les hauts murs. Il revit le port de tête distingué, le doux visage d'Amélie, se rappela les paroles de Gustave Robin : « Elle n'est pas pour toi ! » Pouvait-il seulement rêver d'elle ? Zacharie le ramena à la réalité.

Il montrait trois barques à l'attache au pied d'un saule. Il passa la bride autour d'une branche de frêne et expliqua à son cheval qu'il n'avait pas à craindre de la rivière. Le cheval dut comprendre, car il se mit à brouter l'herbe du pied de frêne sans se préoccuper de ce qu'ils faisaient.

Zacharie commença de remonter ses jambes de culottes, et demanda à Ange de l'imiter. Ils enlevèrent leurs sabots et portèrent les engins dans le bateau, pieds nus dans l'eau. L'oncle se mit à tousser. La quinte dura. L'eau était glacée.

L'oncle s'empara de la longue perche et du crochet dissimulés dans les branches du saule, demanda à Ange de s'asseoir sur la planche arrière de la barque et, plongeant la perche dans l'eau, il les propulsa. Ils sortirent du lit du Charenton, et se retrouvèrent sur ce qui devait être habituellement un pré ou un champ recouvert d'eau. Zacharie marmonna :

— Ici, il y avait du maïs.

Quelques racines de maïs à la dérive accrochées dans les frondaisons en témoignaient, en effet. L'oncle menait adroitement la barque, usant de la perche comme d'un gouvernail. Ils dépassèrent une haie les pieds dans l'eau et Ange se leva. Toute la vallée de la Charente inondée s'étalait devant eux dans les floconnements de la lumière, comme un grand lac. Zacharie chuchota, comme s'il craignait de rompre le charme :

— Attrape une branche !

La barque s'immobilisa. L'eau en marche glissait presque sans bruit. La Charente, confondant ses bras, recouvrait toutes ses prairies et noyait les pieds de ses bataillons de peupliers comme des soldats embourbés. Le Pont Bouée, seul, arquait la curiosité de son dos-d'âne au-dessus de la plate étendue vernie. Zacharie montra la pointe de peupliers enfoncés sur la droite.

— Richteau !

Ange se rappela leur messe des vendanges.

— Tourtron.

Sur son promontoire, le village mirait la vallée inondée. La lumière était belle. Un rayon de soleil filtrant dans une déchirure de nuages éclatait sur cette cuirasse d'argent pur. Zacharie semblait respirer mieux. Il sourit à son neveu.

— Allez, on y va !

Il appuya sur sa perche, revint vers le Charenton. Il en connaissait le fond comme sa poche, tendait les engins dans les passes avec son crochet, se penchait à fleur d'eau pour en vérifier l'installation. Ils poussèrent la barque jusque derrière l'église. La Charente en léchait le chevet, et elle chantait contre une branche morte qu'elle avait charriée au milieu du chemin.

— Elle ne monte pas plus haut. Elle n'a jamais empêché le curé de dire sa messe.

Ils tendirent des nasses plus loin en remontant vers le Moulin. Zacharie surprit le regard d'Ange :

— Tu veux qu'on pousse jusqu'à Fontfroide ?

Ils s'approchèrent doucement. Tout était changé par la dérivée. La font était recouverte. La Charente arrivait à la porte du jardin.

— Tout a été bien pensé, remarqua-t-il : pas une maison n'est inondée. Les Charentais ont l'expérience de leur fleuve. Ils savent jusqu'où l'eau peut aller.

Une fumée bleue sortait d'une cheminée de Fontfroide. Le vent la rabattait vers eux.

— Ils font brûler des javelles, dit l'oncle, ou des ceps, en tout cas de la vigne. Tu vois qu'on a bien fait de venir. Mes sinus se dégagent !

Il montra un autre filet de fumée plus claire sur le toit aux tuiles noircies par les vapeurs de cognac.

— Le Calixte distille. Les petits ont fini. Les gros en ont peut-être encore pour un mois. Je ne m'approche pas. Le Calixte serait fichu de nous donner un coup de fusil s'il nous voyait braconner dans son coin.

— Il vous connaît, oncle.

— Justement.

Ils levèrent les engins deux jours plus tard. Zacharie avait vu juste. La Charente s'en allait, rejoignant son lit. Ils renversèrent dans le bateau puis dans les sacs des engins remplis de carpes, de barbeaux, d'anguilles et d'écrevisses.

Ange descendit à Martignac le dimanche suivant. Il fallait remonter sur les hauteurs des chaumes et des bois, d'où l'on apercevait Angoulême dans les lointains, et puis redescendre vers la vallée de la Charente. Cela représentait une petite demi-heure de marche d'un bon pas. Il alla frapper à la porte de Ménie Chauvet. Il avait beaucoup pensé à la laveuse en touchant les bœufs et en portant des aisselées de choux dans les chemins creux de Saint-Pierre-des-Tilleuls. Louisette lui avait dit :

— Elle est en mauvais état.

Il craignait d'arriver trop tard.

Il trouva le portillon du courtil ouvert. Un sentier

dans les herbes folles conduisait à la porte de la maison ouverte malgré la saison. Ange hésita à écarter le rideau de jute qui frissonnait derrière, après avoir frappé. Personne n'avait répondu. Pourtant il était sûr qu'on le voyait à travers ce rideau opaque comme une bouche d'ombre. Il avança la tête et fut assailli par une odeur aigre qui le suffoqua. Il entra pourtant. Ses yeux, s'habituant à la pénombre, découvrirent la table encombrée d'un amoncellement hétéroclite. Des jambons, des ails, des oignons pendaient au plafond. L'amande de deux yeux luisait sous la table. Un miaulement s'éleva tandis qu'il avançait. Il reconnut alors l'odeur de pisse de chat qui montait des tommettes et il entendit une voix de femme encombrée de glaires.

— Qu'as-tu, ma Minette, cet individu te fait peur ?

Il suivit le déplacement du chat sous la table, le vit sauter dans le giron de la silhouette noire au coin de la cheminée. Il vit des mains caresser la fourrure. Le visage lui était caché par la frange de tissu de la hotte.

— Assieds-toi, lui ordonna la voix de femme, et la main montra le bout du banc encombré de guenilles.

Ange distingua alors le profil éclairé par la lumière de la porte. La vieille avait un visage détruit dans une broussaille de cheveux blancs.

— Tu vois ce qu'on devient. J'étais la femme la plus propre de Martignac.

Elle était assise, jambes écartées, les pieds dans des savates éculées. Une vague chaleur montait de l'impressionnant tas de cendre où s'allumaient et s'éteignaient des yeux de braise.

— Je t'ai vu passer avec la Louisette pendant les vendanges, et l'autre jour sur la dérivée avec le Vendéen du Maine-des-Chaumes. Qu'as-tu à tourner autour de ma maison ?

Ange s'aperçut que, de l'endroit où elle était assise, elle voyait entrer dans son courtil et elle surveillait par le fenestron ce qui passait sur le bord du Charenton. Il lui dit :

— Je m'appelle Ange.

— C'est vrai que tu as une figure d'ange. Quel lièvre

as-tu levé ? Tu es curieux de connaître la mère de l'assassin ? Ce malheur-là n'intéresse bientôt plus que les morts.

— Je m'appelle Ange parce que je suis le fils d'Angéline.

Il y eut un long silence troublé par les soufflets de la poitrine de Ménie et le grincement de la pendule. Ce n'était pas une pendule complète, seulement un mécanisme sans boîtier, qui livrait à la vue ses entrailles de balancier, de cordes et de poids. Ange se sentit dévisagé et il tendit le cou vers la lumière.

— Est-ce que je lui ressemble ?

La main de la vieille caressait le chat.

— Tu ferais aussi bien d'interroger la Minette. Elle est jeune. Elle est la petite-fille de Pipo, le chat de mon Biel.

Il y avait de la prière dans le ton de Ménie, comme si elle repoussait un flux de souvenirs. Elle bougea, chassa le chat qui sauta sur la pierre et y commença sa toilette.

— J'ai su tout de suite qu'Angéline attendait un enfant : j'étais laveuse. Elle m'apportait son petit linge dans un sac de coutil. Elle ne m'a pas caché pendant ses premières années de mariage ses déceptions de ne pas être en espérance. Elle me tendait son sac : « Te voilà encore mes saloperies ! » Et puis Calixte et elle ont fait chambre à part…

Elle s'inclina vers Ange. Il vit nettement son visage, de face, le nez lourd, la bouche affaissée, et les yeux enfermés dans les plis.

— Je me souviens très bien du jour où elle ne m'a pas donné son sac. Je rangeais ma brouette au pied des marches de la terrasse par-derrière. Brigitte m'avait aidée à porter le paquetage de la maison enfermé dans un drap. J'avais toujours beaucoup à laver chez les Malajas. Les femmes se changeaient avant d'être sales. Je suis remontée derrière Brigitte et je lui ai dit de prévenir Angéline que j'étais prête à descendre à la fontaine. Angéline est sortie, de mauvaise humeur. « Qu'est-ce que tu attends ? Tu n'auras pas assez de la grande journée pour laver cette brouettée ! » Elle n'avait jamais pris ces airs de patronne avec moi. Elle avait l'âge d'être ma fille. Je lui ai dit : « Mais Angéline... » J'ai vu qu'elle avait compris que j'attendais son sac. Elle a eu un geste énervé de la main, comme ça, et elle a ajouté plus doucement : « Va... » J'ai cherché mes mots. Peut-être que si je les avais trouvés nous nous serions parlé. D'un mouvement de paupières et de la bouche elle m'a fait comprendre de me taire...

Ménie passa la main sur son front en soupirant :

— Ah ! ma pauvre tête !

Elle saisit les accoudoirs de son fauteuil, se redressa en titubant. Le chat sauta de la pierre et la précéda vers la table. Elle s'assit sur la chaise devant le seul espace libre de la table. C'était sa place.

— Tire donc le rideau !

La lumière de ce jour d'hiver ruissela dans le désordre de la maison, et il vit mieux ses rides. Elle se passa de nouveau les mains sur la figure, ses doigts déformés tremblaient.

— Angéline est partie en cure avec sa mère. C'est là que tu es né, fit-elle, sûre d'elle, et son regard se mit à vivre au fond de ses paupières. Lorsqu'elles sont revenues, j'ai eu de nouveau droit au sac de coutil, pas longtemps parce que...

— Je ne suis pas né à Châtelguyon, précisa Ange. Je suis né et j'ai été élevé en Vendée, dans une famille de dissidents.

— C'est pour cela que tu étais avec le tonnelier, l'autre jour ? J'ai souvent pensé à toi pendant toutes ces années. Je me disais : « Cet enfant, s'il existe, où est-il ? » Mais je n'ai parlé de toi à personne.

— Est-ce que je ressemble à ma mère ? insista Ange.

Elle haussa les épaules.

— Peut-être ton grand front têtu, et ta manière d'insister pour qu'on te réponde.

— Comment était-elle ?

Ménie se tut. Des larmes ruisselèrent sur sa figure de cendre.

— J'étais en train de mourir enfin, et tu viens me rappeler tout ça...

— Pardonnez-moi, souffla-t-il, et il se détourna.

— Non, renifla-t-elle, puisque tu es là, maintenant...

Elle prit le pan de son tablier de devant et s'essuya les yeux, le nez.

— De quelle Angéline veux-tu que je te parle ? Celle d'avant était comme une alezane, elle respirait la vie. Elle venait me trouver au lavoir. Elle enfonçait ses mains dans l'eau glacée. Elle ne se faisait pas attraper par sa mère qui était la meilleure des femmes, ni par son père qui l'appelait toujours ma reine. C'est peut-être ça qui a fait son malheur. Elle s'est mis dans la tête d'épouser Calixte. Je ne sais pas ce qu'elle lui trouvait. En tout cas, ses parents n'ont pas eu la force de la faire changer d'avis. Elle devait avoir lu dans ses livres que c'était beau d'épouser un domestique. Elle s'est aperçue trop tard qu'il était une brute...

Ménie se retourna vers le chat qui lapait son lait dans son assiette. Elle songea un moment, et reprit :

— Alors elle a tout misé sur l'espoir d'un enfant. Elle est venue me trouver à la fontaine : « Crois-tu, Ménie, que je pourrais ne pas avoir d'enfant ? » La mignonne était ravissante comme le jour. Elle avait des hanches rondes et une poitrine comme la peinture de Marie-Madeleine à l'église. « Bien sûr que tu auras des enfants, Angéline, insiste ! » Elle a commencé à grossir après. Elle s'est vengée sur les gourmandises. Elle rattrapait en graisse ce qu'elle ne pouvait pas obtenir en grossesse. Elle est vraiment devenue énorme. Elle affichait soixante kilos sur la bascule le jour de son mariage, et elle pesait le quintal dix ans après. Elle s'en vantait. Le plus fort, c'est qu'elle était toujours magnifique. Elle avait la charpente. Elle était comme un gros fruit, avec des bras, des jambes, un cou ! Aucune ride ne froissait sa belle peau de velours ! Tous les gens du pays disaient : « L'Angéline, c'est un phénomène ! » J'ai su par Brigitte que Calixte et elle faisaient chambre à part.

Lorsqu'elle ne m'a pas remis le sac de coutil, j'ai

compris que Calixte n'était pas le père. Il ne devait rien savoir. Mais tu aurais vu comme elle était heureuse ! Elle tenait sa revanche sur lui qui l'accusait d'être stérile. Tu peux être sûr qu'aucun enfant n'a été attendu avec autant d'espoir.

— Elle avait promis de venir me chercher très vite, lorsqu'elle m'a laissé en Vendée, dit Ange reprenant les paroles des Gaborit.

Ménie hocha la tête, avala difficilement sa salive.

— La pauvre... elle en a été empêchée.

— Avez-vous une idée de celui qui serait mon père ?

Les yeux de Ménie scrutèrent Ange.

— Je me suis souvent posé cette question. Tu ne ressembles pas à quelqu'un d'ici. On dirait que tu viens d'ailleurs...

— J'ai été apporté par un courant d'air, fit Ange avec amertume... De quoi vivez-vous ?

Elle eut un geste vague.

— À mon âge, on n'a besoin de rien. J'ai encore une chèvre.

— La chèvre ne suffit pas. Il faut bien que vous mangiez.

— La bonne du curé Guignabert m'apporte quelque chose tous les jours. Celui-là, lorsqu'il partira, Martignac perdra gros. À voir comment il vit, on est porté à croire à la bonté de Dieu. Il était là quand le malheur est arrivé. Ç'a été aussi son calvaire à lui. Je ne l'ai jamais entendu juger, encore moins condamner qui que ce soit.

Un petit cheval de bois autrefois rouge dressait la tête au-dessus du désordre de la table. Ange toucha le clou de la roulette manquante.

— C'était le cheval de Biel. Il tournait autour de cette table en le tirant par la ficelle.

La Minette bondit sur le capharnaüm auprès de sa maîtresse, et s'assit sur la table, tournée vers la porte. Un autre chat entrait, gris et blanc, feignant de ne pas avoir aperçu la chatte jaune.

— J'ai toujours eu horreur des chats. Ça fait des saletés. Je me disputais avec Biel à cause de ses bêtes.

Quand ils l'ont mis en prison, je me suis retrouvée toute seule avec son chat Pipo. C'est idiot, mais je me suis attachée à lui. Pipo m'en a ramené d'autres, que j'ai accueillis. Je suis devenue la vieille aux chats. J'ai laissé aller ma maison à la débine. Heureusement qu'on ne connaît pas le bout de sa vie !…

9.

Ange revint chez la Ménie, le dimanche suivant, avec une faucille et une faux. Il dégagea le portillon du courtil, rassembla les vieilles herbes sèches et y mit le feu. Il sortit la brouette de l'appentis et y chargea le fumier de la chèvre répandu dans la cour. Il trouva une large bêche qui servait à tirer le cavaillon sous les ceps. Il l'apporta au Maine-des-Chaumes pour lui mettre un manche. La fumée de son feu avait attiré quelques têtes des enfants du voisin par-dessus le mur. Ange les laissa s'amuser à se dresser et à se cacher lorsqu'il se retournait. Quand leurs rires devinrent plus bruyants, il les interpella :

— Vous feriez mieux de venir m'aider !

Le plus hardi osa demander :

— Qu'est-ce que tu fais ?

— Tu vois, je nettoie.

— Pourquoi ?

— Pour que ce soit propre.

La réponse parut le satisfaire. Ils restèrent piqués, en silence, malgré la fumée qui tournait parfois vers eux. Ange leur dit :

— Je m'appelle Ange.

Lorsqu'ils s'enfuirent, il les entendit crier :

— Angelot ! Angélus !

Tout le monde sut bientôt que le Vendéen nettoyait le courtil de la Ménie. On se demanda quel intérêt il avait à agir ainsi. Peut-être voulait-il la maison de la vieille ?

Louisette poussa le portillon de la Ménie, fermé pour la première fois depuis longtemps, le dimanche suivant. Ange avait lancé son nom aux enfants un peu dans cette intention. Il achevait de curer le toit de la chèvre avec le tire-cavaillon. Le vieux fumier adhérait à la terre comme du ciment et Ange frappait sous le toit avec toute sa force. Il avait soigneusement enlevé et plié son pantalon et sa chemise du dimanche, revêtu ses culottes de droguet et chaussé ses sabots. Ménie, dans son âtre, le scrutait à travers son rideau de porte. Elle vit Louisette s'approcher du toit à biques dans le dos du jeune homme.

— Alors, tu décrottes ? demanda Louisette.

Ange retira prudemment la tête de l'intérieur du toit. Il essuya son front en sueur avec son poignet de chemise.

— Tu n'es pas au bout de tes peines !

Il ne répondit pas, elle rougit et battit du pied avec impatience.

— Es-tu de retour en Charente depuis longtemps ? Tu aurais quand même pu m'avertir…

Il haussa les épaules.

— Je ne connais pas ta maison. Je ne savais pas si tu avais envie de me revoir.

— Tu as une langue. Tout le monde connaît les Trochu au Moulin-des-Rivières. C'est plutôt toi qui ne souhaitais pas me revoir !

Ange s'était emparé de la fourche et rassemblait le fumier.

— Tu habites chez ton oncle, le tonnelier, paraît-il ? Tu t'intéresses à la maison de la Ménie ? C'est vrai qu'une fois nettoyée cela ferait une agréable habitation, ironisa-t-elle.

Ange se contenta de répondre :

— Sûrement ! Sûrement !

Elle posa la main sur le bras d'Ange qui apprécia ses doigts frais.

— Tu l'arenterais à la vieille ? chuchota-t-elle. Ton oncle pourrait peut-être la lui acheter ?

Ange leva ses yeux bleus vers Louisette et resta muet.

— Tu es toujours aussi bavard ! Quand auras-tu fini ton nettoyage ?

Comme il ne lui répondait toujours pas, appuyé sur sa fourche, la regardant s'agiter, elle laissa éclater sa colère :

— Reste donc remuer ton fumier, Blondin ! Tu fais le fier. Au bout du compte, tu n'es pas aussi sûr que tu veux le montrer !

Elle resta plantée, la respiration oppressée, puis elle s'éloigna lentement, comme à regret. Elle tira le portillon derrière elle et, en s'escrimant sur le verrou rouillé :

— Tu pourrais au moins me dire au revoir !

— Il faudra que je mette de l'huile sur le verrou. Au revoir.

Quand elle eut disparu au tournant, les petits pointèrent la tête au-dessus du mur et se mirent à chanter :

— Angélus ! Angelot !

La Ménie ricana lorsque Ange entra à la fin de la soirée :

— La Louisette te court après ! Elle a raison de profiter de sa beauté. C'est quelque chose qui se perd vite. Pour elle, ça pourrait ne pas durer. Son père n'est pas beau et sa mère est mal faite. Quand on voit la fille, on voit le père et la mère, et le plus fort, c'est que la fille n'est pas laide.

Ange s'assit au bout de la table, à ce qui était devenu sa place. Il avait repris ses habits du dimanche et son chapeau rabalet. Un cadran de pendule, semblable à celui accroché au mur, constituait l'objet le plus volumineux sur la table.

— Je suis allée le chercher dans l'appentis et je n'ai pas eu le courage de le retourner, avait simplement constaté Ménie.

Ange poussa de l'index un rouage à ailettes qui pouvait actionner la sonnerie, et demanda :

— Pensez-vous que votre Biel ait tué ceux de Fontfroide ?

— C'est donc pour ça que tu viens mettre de l'ordre chez moi ! Tu veux m'embêter avec tes questions de gendarme ?

— Voulez-vous que j'allume votre lampe ?

— Il ne fait pas encore noir. Il y a toujours assez de lumière pour éclairer la misère.

Les deux chats étaient enroulés sur la pierre du foyer, devant les savates de Ménie. Ange ajouta une poignée de bûchettes sur les cendres.

— Je viderai votre cheminée dimanche, même si vous ne le voulez pas. J'ai besoin de la cendre pour votre jardin. Et il fait froid chez vous. Comment voulez-vous que votre cheminée tire avec de la cendre qui expire jusque dans la maison !

La flamme monta des bûchettes. Un chat entrouvrit les paupières.

— Pourquoi t'occupes-tu de la mère de l'assassin de ta famille ? demanda affectueusement Ménie, revigorée par la couleur des flammes.

— Vous pensez donc que Biel est coupable ?

— Est-ce que je sais ce que je pense ?

Elle pinçait nerveusement la toile de son tablier en regardant le feu. Sa gorge retentit d'un curieux bruit de clapet. Ange considéra le pauvre visage aux creux soulignés par la flamme.

— Je n'aurais jamais cru ce malheureux innocent capable d'un coup pareil. Il avait peur de tout, même des rats. C'est moi qui l'ai encouragé à tuer les premiers. Mais toutes les mères voient leurs enfants comme des drôlets. Ils ont tous soutenu au tribunal qu'il était coupable. Le chef de la police a raconté comment Biel avait reconnu la bouteille de cognac au cyanure lorsqu'il avait fait semblant d'en verser dans l'assiette de Pipo.

— Et que disait Biel ?

Elle haussa les épaules.

— Comme toujours, il ne disait rien. Il ne comprenait pas grand-chose à ce qui se passait. Il me demandait sans cesse : « Quand est-ce qu'on rentre à la maison ? »

— Qu'est-ce qu'il vous a dit après sa condamnation ?

— « Ce n'est pas moi, memon, j'ai rien fait ! »

Elle leva ses yeux blanchis par la cataracte vers Ange.

— Pense ce que tu veux, mais je l'ai cru. Je l'ai cru ! Je le crois encore. Il ne savait pas mentir. Il a essayé quelquefois. Il se fâchait, parce qu'il n'y arrivait pas.

Elle laissa aller sa tête en arrière, ferma les yeux, soupira en dodelinant :

— Il ne m'a pas menti. Les chimistes ont trouvé une différence entre l'acide prussique de la bouteille de cognac et celui de notre bonbonne dans l'appentis. Il est mort, il y a sept ans. Cela valait mieux pour lui. C'est à ce moment-là que j'ai tout laissé aller à la débine. Avant, j'essayais encore de faire bonne figure. Faut croire que je suis solide, puisque je suis encore vivante !

Ange vit qu'elle avait ouvert les yeux. Son regard se perdait dans le conduit noir de la cheminée. Il s'inclina sur son bout de banc et vint plus près de Ménie.

— Croyez-vous que Calixte ait pu apprendre mon existence dans le ventre de ma mère ?

Ménie se retourna, fixa Ange, effarée. Puis son visage se défit, ses fanons tremblèrent.

— Mon petit, pourquoi tu t'occupes de ça ? À quoi ça sert de rabâcher les vieilles histoires ? C'est bon pour les vieux comme moi. Tu as vu comment les maisons sont construites en Charente. On ne sait rien de ce qui s'y passe. Tu ferais mieux de suivre Louisette là où elle veut te conduire.

Ange se leva en souriant. Il marcha vers la porte, souleva le rideau. La nuit était là. Le bois au sommet de la côte se détachait à peine sur le ciel. Six heures sonnèrent au clocher de Martignac. Il entendit un bruit de couvercle derrière son dos et reconnut l'odeur du pot de haricots de la Ménie. La faim lui noua l'estomac. Il lui restait trois kilomètres de montées et de descentes avant de glisser les pieds sous la table de la tante Julie.

Amélie Boissière fut informée aussi de l'arrivée d'Ange au Maine-des-Chaumes, et de ses allées et venues à Martignac. La figure longue du jeune homme, ses traits fins, l'éclat de ses yeux bleus lui revenaient souvent dans ses rêves. Elle répétait à son sujet, reprenant l'expression que son père réservait aux hommes qu'il estimait : « C'est une épée. »

Elle avait compris qu'il n'était pas insensible aux avances de sa voisine, la vendangeuse. Elle n'était pas jalouse, se disait-elle. Pourquoi l'aurait-elle été ? Il ne s'était rien passé entre elle et lui que dans son imagination de fille oisive. Mais il y avait eu ces sourires, et cette question avant la visite du magasin à eau-de-vie : « Vous ne venez pas ? » Elle y repensait sans cesse.

Elle trouvait Ange différent des autres. Peut-être était-ce le fait d'appartenir à cette curieuse tribu dissidente ? Pourquoi était-il revenu si vite ? Son père avait annoncé la nouvelle au dîner, et Amélie n'avait pu retenir un mouvement de joie. Elle avait pensé à Louisette. Il n'était pas revenu pour cette grosse fille ! Il habitait chez son oncle et sa tante, la chapelière de Châteauneuf. Elle eut une soudaine envie de s'acheter un chapeau.

Elle devait s'en aller à Paris chez sa tante Thérèse, pour y passer les fêtes de Pâques. La tante lui avait promis l'Opéra et la veillée pascale à Notre-Dame. Amélie ne se sentait plus de goût pour les festivités parisiennes. Elle aurait finalement préféré la modestie de la messe du curé Guignabert et la mère Picot vendant des cornuelles, assise sur sa chaise à la sortie de l'église.

Elle éprouvait d'irrépressibles désirs de prendre l'air avant son départ pour la capitale. Elle commandait d'atteler sa jument à la crinière blonde. Son chien Pif sautait près d'elle sous le banc du cabriolet. Elle partait sans destination précise, à travers les vignes. Elle empruntait des routins qu'elle ne connaissait pas, se retrouvait en lisière de bois impénétrables. Les premiers bourgeons de saules floconnaient. Elle émergeait sur des hauteurs exaltantes, suivait les vols de nuages dans le ciel aux reflets gorge-de-pigeon. Des bandes de corbeaux les traversaient. Elle disait à Pif : « Regarde ! » Sa mère lui reprochait :

— Où es-tu allée ? Une fille de ton âge ne doit pas être toute seule sur les routes !

— Mais j'ai Pif, maman ! Je ne vais pas sur les routes. J'arrive de Saint-Preuil. Les Magaud ont fait faire un étang.

Sa mère secouait la tête. Les fossettes du sourire d'Amélie fleurissaient ses joues d'une gaieté à la douceur désarmante. Elle s'entêtait à porter sa toque à épingles d'argent et elle laissait flotter sur ses épaules son écharpe blanche.

Zacharie installait de grands foudres chez les Mourre à Jarnac. Les tonneliers savaient que, sans leurs fûts de chêne, l'eau-de-vie charentaise ne serait jamais devenue cognac, et ils en étaient légitimement fiers. Vendéen-Cœur-Fidèle jouissait dans cette société tonnelière d'une réputation d'artiste et d'homme d'expérience acquise sur les chemins de France. Et on lui pardonnait sa grande gueule et ses éclats de rire.

Les premiers jours du printemps donnaient dans la tiédeur. La Charente redevenue sage luisait de beaux reflets dorés en remuant ses roseaux devant les arcades du pont de Jarnac et on se serait cru passé d'un coup de l'hiver à l'été. Les hommes travaillaient en chemise, les femmes les plus hardies déboutonnaient leurs caracos.

— Attention, disaient les vieux assis sur les bancs de la place du Château, on connaîtra encore des jours pires. Le mois d'avril n'est pas passé !

Ils pensaient aux vignes et craignaient les gelées.

Zacharie emmenait son neveu à travers la petite ville à l'heure du déjeuner.

— Viens donc. Je paierai un litre au café Beausang !

Ils traversaient la place du Château, le casse-croûte à la main. Le plus gros de l'activité était rassemblé le long du quai sur la Charente. Les gabarres attendaient. Elles s'appelaient *Jeune Ida, Belle Amie*. Ils enjambaient les « tins », contournaient les « diables » chargés de caisses gravées au feu. Zacharie interpellait les tonneliers rabattant leurs futailles comme des fleurs ouvertes, serrait des mains en plaisantant devant les chais de mûrissement ouverts sur le fleuve.

— Vous connaissez tout le monde ! constatait Ange, admiratif.

Zacharie souriait, flatté de la remarque.

— J'en connais encore bien plus que ça !

Ils poussèrent jusqu'au bateau-lavoir plein du bruit des battoirs et des cris des laveuses. Zacharie les héla de la passerelle. Leur linge frappait la Charente et y allumait des vagues aux éclats d'or. Les laveuses enhardies par leur nombre se dirent intéressées par les favoris jaunes du jeune homme qui l'accompagnait. Elles demandèrent son nom et s'offrirent à le dissimuler parmi elles en lui promettant des câlineries dont il n'avait pas idée.

Ils se dirigeaient vers le café Beausang, lorsque Zacharie saisit Ange par le bras :

— On va boire au café de la Bourse. C'est là que se retrouve tout le gratin de Jarnac et des alentours.

Un groupe d'hommes en habits noirs parlementait sur le trottoir devant la porte. Zacharie ralentit le pas et montra les fenêtres au-dessus de l'enseigne du café.

— Leur cercle se réunit là-haut. Ils jouent au whist. Le samedi matin, ils reçoivent les illustrés de Paris.

Ils s'arrêtèrent derrière un platane, et Zacharie désigna l'homme de grande taille qui fumait un londrès.

— Delamain. Il a monté la Société de tir, a découvert à Herpes un cimetière barbare et a été nommé à la Société des antiquaires de France. L'homme à la barbe blonde, à côté, c'est le maire, Laporte. Celui qui ajuste son chapeau comme s'il allait saluer, c'est Laurain. Il est réputé pour ses histoires en patois.

Ils les écoutèrent un moment. Les noms de MacMahon et Queille revenaient dans leur conversation. Ils s'approchèrent lorsqu'ils entendirent :

— Il nous faudrait un homme à poigne !

Ange pensa que, s'il avait été seul, il aurait probablement rebroussé chemin. Mais l'oncle l'entraînait hors de l'ombre du platane.

— Ils sont avec le député bonapartiste Cunéo d'Ornano ! murmura-t-il. Delamain s'est présenté contre lui pour le parti républicain. Ça ne les empêche pas de se parler, la preuve ! Cunéo a gagné : les Charentais sont reconnaissants à Napoléon d'avoir rempli leurs marmites de pièces d'or. Cunéo a l'air de les amuser.

L'élégant député à lorgnons et moustache cirée faisait des moulinets avec sa canne, et le cercle des rieurs s'était ouvert prudemment pour ne pas prendre de coup. Zacharie s'avança, flanqué de son neveu dissimulé derrière sa massive silhouette. Le maire reconnut Zacharie et sortit du groupe pour lui serrer la main. À ce moment-là, un homme de petite taille, large d'épaules, la nuque épaissie par un bourrelet de graisse, se retourna en suivant du regard le mouvement du maire. Il découvrit Ange et ses yeux en vrille le fixèrent. Il parut surpris. Il bougea la mâchoire. Ange crut qu'il allait se précipiter sur lui. Ses voisins eux-mêmes s'aperçurent de son émotion puisqu'ils cessèrent de s'intéresser au député et se retournèrent. Il resta immobile, pesant de tout son regard lourd sur Ange qui entrait derrière son oncle dans le café de la Bourse. Ils s'assirent à la première table. Zacharie dit :

— Tu as vu ? Il était aussi blanc que tu l'es maintenant.

Ange hocha la tête.

— Tu sais qui c'est ? demanda l'oncle.

Ange haussa les épaules. Il était en même temps persuadé d'avoir deviné. Zacharie jeta son bonnet sur la table.

— Calixte Malajas ! Il t'a reconnu, c'est certain,

sinon il n'aurait pas été bouleversé à ce point. Comment t'a-t-il reconnu ? Tu ne ressembles pas à ta mère.

Ange avala difficilement sa salive.

— Je ressemble de toute façon à quelqu'un.

— Tu as vu comment il te regardait ? J'en avais moi-même froid dans le dos.

— Il a une mâchoire de doberman.

L'oncle se releva pour regarder par-dessus le rideau de la porte.

— Qu'est-ce qu'il faisait avec eux ? Il est un paysan, parmi ces bourgeois. Ils s'en vont.

Le murmure de leurs voix s'éloignait en effet. Zacharie vit Calixte se retourner vers le café, mais ne le dit pas à Ange.

10.

Le mois d'avril continuait de languir dans la douceur. Les vents soufflaient sud, sud-ouest, apportant des pluies raisonnables. Les vignes débourraient. Leurs petites mains de feuilles tendres sortaient des bourgeons. Les mimis de peupliers poudraient la lumière blonde. Ils tournoyaient longtemps dans l'air immobile. Ils tapissaient la terre sous les arbres, recouvraient l'herbe de leur ouate blanche. Ils glissaient au fil de la Charente qu'ils paraient d'une peau duveteuse. Les poissons y moucheronnaient, y traquant les insectes captifs. Les coteaux verdissaient. Les coucous fleurissaient par grappes les bas-côtés des chemins blancs. Les Charentais redoutaient le piège dans cette trop belle harmonie du monde.

Ange épandait du crottin et tournait la terre du jardin de la Ménie. Tout Martignac continuait de s'interroger sur le mystère de ce beau garçon qui passait ses dimanches à travailler chez la mémé. Les bruits les plus fous couraient à son sujet. Les jeunes qui se promenaient sur la route des ponts, le dimanche, l'apercevaient dans le jardin et lui criaient :

— Blondin ! Oh ! Blondin !

Il reconnut la robe bleue et le caraco de Louisette au milieu d'eux, et il frappa la terre de plus belle. Son oncle et sa tante s'étaient risqués à le raisonner :

— Pourquoi t'entêtes-tu ? Qu'est-ce que tu veux prouver ? Repose-toi. Les Charentais sont plutôt moins pratiquants que la moyenne, mais ils respectent le jour du Seigneur !

— Je ne suis pas un catholique obéissant, avait répliqué Ange. Je suis un dissident. Les dissidents ont l'habitude de causer des scandales.

Il avait pris sa culotte et sa chemise de chanvre sous son bras et s'en était allé sur la route de Martignac vers le jardin de la Ménie.

Ange était encore plus fidèle aux rites de sa famille depuis qu'il l'avait quittée. Le dimanche matin, il ouvrait son livre de messe et il récitait dans sa chambre les prières de sa communauté. C'était peut-être par dévotion, mais c'était surtout l'occasion de renouer avec ceux qu'il avait laissés.

La Ménie recevait beaucoup de visites. On était beaucoup plus venu la voir en quelques semaines que pendant toutes les années qui avaient suivi la mort de Biel. On lui tournait autour. On l'interrogeait mine de rien au sujet de son compagnon du dimanche. La malicieuse laissait venir, ne répondait pas, ou restait évasive.

— Il ne me demande rien. Il est gentil. Il me rend service en nettoyant ma maison. Que voulez-vous ? Que je refuse ?

Le curé Guignabert apaisa la polémique en prenant le parti d'Ange et de Ménie sur la place de l'église à la sortie de la messe.

— Que lui reproche-t-on ? demanda-t-il à ses fidèles dévots. De travailler le dimanche ? C'est vrai, il n'honore pas comme nous le jour du Seigneur. Vous connaissez l'épisode des pharisiens accusant Jésus de ne pas respecter le sabbat. Est-ce que ce jeune homme n'honore pas aussi bien que nous le Seigneur en venant au secours d'une pauvre femme ? Il nous rappelle l'existence de Ménie que pour des tas de bonnes raisons nous avions oubliée.

Les paroissiens de Martignac avaient baissé la tête et s'en étaient allés en grommelant.

Le mystère d'Ange demeurait cependant entier.

Avec les beaux jours, Ménie avait sorti son fauteuil sous la petite marquise de derrière, fixée au-dessus de sa porte du temps où elle était laveuse. Elle se plaisait à regarder Ange travailler sa terre. Le chapeau sur la nuque, il enfonçait sa pelle, s'inclinait pour enlever une motte de mauvaise herbe et la cogner sur le tranchant. La terre était grasse et compacte. L'opiniâtreté du garçon réveillait en la vieille femme des sensations qu'elle croyait mortes. Elle était contente d'être le témoin de sa bataille. Elle pensait : « Si la pauvre Angéline voyait son garçon si fort, si brave, elle serait heureuse. » Elle éprouvait pour lui des élans de cœur qu'elle se reprochait, parce qu'elle se croyait revenue de tout. Mais elle ne pouvait s'empêcher de lui dire :

— Va doucement ! Ne te fais pas de mal.

Quand il avait préparé un carré, il attaquait l'autre, avec une sorte de fureur qui demandait à s'exprimer.

Ménie le surprit le dimanche de la Quasimodo, lorsqu'elle le rejoignit au milieu de son carré retourné, sous le pommier aux branches mortes. Elle s'était approchée sur ses deux cannes. Il ne l'avait pas entendue malgré ses soufflets qui pleuraient d'emphysème.

— Je vais aller chercher votre fauteuil ! s'écria-t-il en lâchant sa pelle.

Elle secoua la tête.

— Attends ! souffla-t-elle en cherchant l'équilibre sur ses cannes.

Et puis, après avoir respiré encore, elle commença, avec des nœuds dans la gorge :

— J'ai pensé à la question que tu m'as posée l'autre jour…

— Quelle question ?

— Tu voulais savoir si Calixte te connaissait dans le ventre de ta mère. Il y en a un qui pourrait peut-être te répondre…

Elle resta immobile, bouche ouverte sur ses gencives sans dents. Ange était devant elle comme un bloc. Elle flageola sur ses cannes et gémit comme si elle se parlait à elle-même :

— J'aurais peut-être dû parler de tout ça aux gendarmes. Ils se seraient moins acharnés sur mon pauvre Biel.

Elle branla de la tête et ses fanons frémirent comme de la gelée.

— Il s'appelle Félix Bourdarot, dit-elle. À cette époque-là, il vivait à Fontfroide. Il était considéré comme de la famille. Il était le père de la petite Brigitte que j'ai trouvée morte devant le potager. Il aurait dû mourir lui aussi. Il était parti vendre des veaux à la foire de Rouillac de bonne heure avant le jour. Quand il est revenu...

Ménie branla de nouveau et se tut, comme si elle refusait cette remontée des souvenirs.

— Quand il est revenu, il faisait nuit... Il a décroché son fusil en criant : « Je vais tuer le Calixte ! Où est-il ? La prunelle de mes yeux ! » Il appelait ainsi sa Brigitte. Sa femme était morte en mettant sa fille au monde, et il avait été pour elle et un père et une mère... De bonnes âmes l'avaient averti sur son chemin, lorsqu'il avait traversé Martignac. Il était allé directement dans sa chambre près du chai de chaudière. Nous nous sommes précipités. Moi, la première, je me suis jetée les bras écartés devant lui : « Félix ! ce n'est pas lui ! Il n'est pas là ! » J'avais peur que sa tête perdue ajoute du malheur au malheur. Il était dans un tel état que je me demandais s'il me reconnaissait et se rappelait qu'il m'avait aimée. À quatorze ans, nous nous étions juré fidélité...

Il me fixait de ses grands yeux épouvantés. Je brandissais un lourd fanal de voiture... Nous nous étions fâchés pour une histoire idiote de rendez-vous manqué. Probablement, lui comme moi, aurions-nous été plus heureux ensemble... L'odeur d'huile du fanal lui a ramené l'esprit à la réalité. J'ai vu frissonner son grand nez. Ses yeux se sont arrêtés sur les miens, et il a baissé lentement son fusil. Les gendarmes se sont précipités et l'ont désarmé… Il n'a pas ajouté un mot. Il a couru tout droit à la chambre des morts, et ses genoux ont sonné comme des marteaux sur le plancher au bord du lit. Il a entouré le corps de sa petite en gémissant : « Bouquet… mon petit bouquet !… »

Il n'était pas un parleur. Les seuls mots doux qu'il prononçait dans une journée étaient réservés à Brigitte et à ses animaux. Il s'occupait des chevaux et des vaches de Fontfroide. Nous avons dû nous fâcher aussi à cause de ça. Moi, je suis bavarde. J'ai eu peur, je crois bien, de m'ennuyer avec lui. Je lui disais : « Parle. Mais parle-moi donc ! » Il me répondait : « Pourquoi veux-tu parler pour ne rien dire ? On n'est pas bien comme ça ? » Il est resté silencieux quand le commissaire est arrivé. Il a été à peine interrogé : il n'était pas là au moment du malheur, et la prunelle de ses yeux était parmi les victimes…

Ménie vint plus près d'Ange encore, sur ses deux cannes. Elle était lasse d'avoir parlé si longtemps immobile. Mais elle n'avait pas fini. Elle saisit Ange par le bras et s'agrippa à lui. Il sentit ses ongles durs s'enfoncer dans son avant-bras. Il respira son odeur de fumée froide.

— Les soupçons se sont tout de suite portés sur Biel et on a oublié la colère de Félix contre Calixte. J'aurais dû y faire attention, moi qui le connaissais. Je savais qu'il ne parlait jamais sans raison. J'avais les sangs retournés par tous ces morts. Et j'ai été folle quand il a été question de Biel. J'étais complètement perdue à l'idée de cette tuerie par sa faute… J'étais sa mère…

Elle prononça ces mots dans un sanglot. Elle essuya le pleur sur sa joue avec ses doigts, s'accrocha davantage à Ange. Les paroles de Ménie mettaient en route des idées terribles. Ange entendait Félix crier : « Je vais le tuer, le Calixte ! » Et il voyait l'homme à la mâchoire de doberman entrevu à Jarnac. Il n'entendait plus le vent chuchoter dans les peupliers. Il regardait sans les voir la girouette et la pendule du clocher.

Elle recommença. Une de ses cannes était tombée sur

la terre du carré. Ils formaient un étrange couple : la vieille décrépite et le blondin au rabalet.

— Je me suis rappelé le Félix parce que tu m'as posé la question au sujet de Calixte. Tu crois qu'il aurait pu être coupable ? Il était parti depuis huit jours…

Ange esquissa un mouvement d'énervement brusque. La vieille chancela. Il la rattrapa, s'excusa. Elle gémit, finit tout de même :

— Félix a déménagé de Fontfroide, lorsque Calixte est revenu. Il a prétendu qu'il ne voulait plus vivre tous les jours en face de son malheur. Il s'est installé dans une petite maison, plus loin, au Moulin-des-Rivières. Il ne s'occupe plus des chevaux de Fontfroide, maintenant qu'il est vieux. Il a toujours la garde des vaches. Tu le trouveras dans la prairie à l'heure de traire. Il n'est pas plus remarquable qu'un autre vieux, sauf son nez en concombre sur une moustache blanche. Il porte une casquette bleue. Tu verras bien s'il a envie de te parler…

Elle remonta ses doigts sur le bras d'Ange, perdit sa seconde canne. Elle semblait à bout de forces. Elle s'excusa :

— Tu en as assez d'entendre les boniments de la vieille bonne femme qui t'énerve ?

— Mais non, Ménie, mais non.

Il la raccompagna à son fauteuil où la Minette s'était enroulée.

Il descendit à la prairie le lendemain soir. Zacharie l'avait envoyé chercher un tierçon aux Bergeries avec la voiture et le cheval. Les granges étaient alignées au bord du chemin des ponts. Les vaches mélangées sur les communaux regagnaient docilement leur étable sans se tromper, au tintement des seaux de la traite. Les trayeurs et trayeuses échangeaient les nouvelles. Ange, qui attendait derrière le pont du Brassiaud, entendait leurs appels aux bêtes les plus traînardes ou les plus gourmandes :

— Belaude !

— Roussette !

Les seaux scintillaient aux feux d'ocre du couchant. Il fit avancer le cheval de l'oncle lorsque tout le monde fut rentré dans les étables. L'animal capricieux n'aimait pas les changements de main. Il mordait sa gourmette, agitait le collier, essayait de tirer la charrette malgré le frein. Il démarra comme une flèche et Ange eut toutes les peines du monde à l'arrêter à hauteur de la quatrième grange où il avait repéré un vieil homme à casquette bleue accompagné d'une jeunette à bras ronds. Il attacha solidement le cheval à l'anneau en lui recommandant de rester tranquille.

Il s'approcha de l'énorme bidon de lait, près de la porte, et salua. La jeunette seule lui répondit. L'étable était animée par les piétinements des vaches sur la litière. Les cornes heurtaient les râteliers. Le lait giclait à traits réguliers et paisibles dans les pots.

— C'est bien ici la grange de Calixte Malajas ?

— Qu'est-ce que tu lui veux, à Calixte Malajas ? demanda la jeunette.

Elle se protégeait du flanc des vaches avec un linge roulé sur son front en couronne. Ange enleva son chapeau.

— J'aurais voulu parler à M. Félix Bourdarot.

Seuls les giclements du lait dans les pots lui répondirent. Après un long moment d'attente, la fille finit par dire :

— Il est ici.

Elle désigna le fond de l'étable. Ange hésita à avancer, remit son chapeau. Félix se leva, posa son trépied dans l'allée, et vint vider son pot dans le bidon. Ménie voyait juste. Il avait bien le nez comme un concombre, planté de longs poils blancs, sa petite moustache semblait ridicule. Il regarda Ange après avoir vidé son lait.

— Si tu as quelque chose à me dire, lança-t-il avec une voix de nez, attends qu'on ait fini de traire ! J'ai bientôt fini.

Ange partit retrouver le cheval qui se laissa flatter la crinière et entourer le cou. Des hommes et des femmes sortaient des granges voisines avec leurs bidons pleins de lait. Ils saluaient Ange ennuyé d'être l'objet de leur curiosité.

Félix Bourdarot commanda à la fille quand ils eurent terminé :

— Tu peux t'en aller, il m'aidera à porter la béchade !

Le soleil avait disparu derrière la ligne de peupliers du Brassiaud. Le vert de la prairie s'assombrissait. Les toits rouges de Tourtron viraient au noir sur la colline. Ange suivit Félix qui arrangeait les litières. Le bonhomme n'ouvrit pas la bouche, sauf pour demander aux vaches de s'écarter. Heureusement que Ménie avait prévenu Ange. Enfin, après avoir posé sa fourche :

— Tu vas nous ramener à Fontfroide, le lait et moi.

Ils montèrent dans la voiture. Ange allait tourner la manivelle du frein, lorsque Félix Bourdarot posa la main sur le bras d'Ange.

— Je savais que tu finirais par venir jusqu'à moi, un jour, fit-il de sa curieuse voix nasale. Je t'ai vu porter la hotte dans les vignes des Boissière. Je t'ai vu travailler dans la cour de cette bavarde de Ménie.

Il se tut brutalement. Ses sourcils blancs bougeaient comme s'il avait fourni un rude effort. Comme la suite ne venait pas, Ange osa demander :

— Vous me connaissez ?

Le serein avait pris de la force. Les têtes des arbres se balançaient sur les berges de la rivière. Ange frissonna, non de froid, mais d'angoisse de la réponse du vieux à la figure noueuse comme un cep. Félix cracha par-dessus bord et, d'un mouvement de tête, fit signe de démarrer. Le cheval les secoua d'un coup de collier brutal, et Félix Bourdarot lâcha dans le mouvement :

— J'ai connu quelqu'un qui te ressemblait.

— Quelqu'un ? Où ça ?

Ils franchirent le pont. Un ragondin traversait le Brassiaud. Félix posa la main sur le bras d'Ange qui commanda au cheval de s'arrêter. Ils étaient entre les ormeaux têtards. Les roseaux remplissaient les fossés. La silhouette trapue du clocher se découpait au bout du chemin dans les dernières clartés.

— Un homme, dit Félix, à Fontfroide. Quand je t'ai vu dans les vignes, j'ai cru que c'était lui.

Le cœur d'Ange sauta. Félix le regarda en coin.

— Mais tu es vendéen. Tu es de cette famille de dissidents. Tu t'appelles Gaborit. Alors pourquoi es-tu revenu ? Qu'est-ce que tu attends de moi ?

Ange regarda les yeux roux de Félix dans leurs trous d'ombre, sa moustache blanche, ses mains ouvertes.

— Je ne m'appelle pas Gaborit, dit-il. Je suis orphelin. Je suis le fils d'Angéline Malajas.

Félix ne broncha pas. Il continua de fixer le clocher qui s'enfonçait à chaque instant dans la nuit, et il passa la main sur son front, sous la visière de sa casquette.

— L'homme que j'ai connu, et qui te ressemble, était anglais. Il venait souvent à Fontfroide.

— Comment s'appelait-il ?

La figure de Félix Bourdarot se ferma d'un coup. Il estimait sans doute avoir déjà trop parlé. Ange répéta :

— Comment s'appelait-il ?

Félix Bourdarot secoua la tête :

— Avance !

Ange lâcha les guides. Le cheval partit. Ange insista :

— Vous m'en avez trop dit. Vous ne pouvez plus vous arrêter. Pourquoi ne voulez-vous pas m'en dire davantage ?

Ils traversaient le bourg de Martignac. Thaïse fermait son portail. Félix lui adressa un signe de tête. Le four communal encastré dans le mur des Charbonnier exhalait une haleine de pain chaud. Ange avait des fourmis dans tout le corps. Il avait la certitude que le bonhomme n'était pas aussi irréductible, et qu'il lui parlerait. Mais il y faudrait le temps.

Ils s'approchèrent de Fontfroide. Les pierres blondes de la tour éclairaient l'ombre du soir. Ange pensa pour la première fois : « C'est ma maison ! », et il se sentit le cœur barbouillé. Il se rappela aussitôt la petite borderie de Saint-Pierre-des-Tilleuls aux murs de schiste. C'était aussi sa maison. Ils longèrent les murs noirs des chais où dormaient les vieilles eaux-de-vie pour rejoindre la porte de derrière. Félix Bourdarot descendit. Ange lui passa sa béchade et lui souhaita le bonsoir.

Il pressa le cheval de partir. Il redoutait à présent de se trouver nez à nez avec l'homme de Jarnac. Il se détendit en atteignant le bout du chemin. Il se pinça le nez, le menton, les joues : « Alors tu es anglais ? » s'interrogea-t-il, amusé. Il traversa le bourg et, par-delà les Bergeries, fit prendre au cheval l'allée de sapins de Chez Boissière. Le portail de la cour d'honneur et celui des chais étaient ouverts. Il profita de la nuit pour passer lentement et se pencher. Il ne vit rien, se retourna vers la vallée de la Charente remplie d'un fleuve de laitances en mouvement et murmura :

— Amélie.

Il rongea son frein toute la semaine au Maine-des-Chaumes. Il n'osait pas demander de permission à son oncle pour redescendre à Martignac. Il courut vers les granges de la prairie, le dimanche. Des bourrasques d'ouest poussaient des nuages noirs qui s'éventraient sur les cimes des peupliers. Surpris par l'averse en sortant de chez Ménie, il s'abrita sous un ormeau, et rentra dans la grange assez profondément enfondu.

— Quel temps ! dit-il pour s'excuser de son irruption. Il fait bon se mettre à l'abri !

Il ne pleuvait plus. Le vent fouettait l'eau des gouttières. Ange secouait son rabalet. Il se sentait indésirable. Une femme de la grange voisine avait sorti la tête à son passage et clamé pour qu'il l'entende :

— Il est revenu !

Les vaches mangeaient du sec avec gourmandise. Les trayeurs trayaient en silence. Le vent apporta un feulement sinistre, tout proche. Et Ange, qui secouait encore son chapeau dans l'allée, eut peur. Il se recula : Calixte Malajas arrivait au milieu du chemin, couvert d'une houppelande de bure. Son doberman le précédait, flairant bruyamment une trace et tirant sur sa lanière.

Le maître et le chien s'encadrèrent dans la porte et Ange se demanda de qui il devait avoir le plus peur. Les aboiements furieux décollaient les pattes avant du chien. Malajas semblait avoir du mal à le retenir. Les vaches affolées piétinaient leur litière et se heurtaient les flancs. Félix et la fille s'étaient précipités dans l'allée, le pot à la main, leur tabouret renversé au milieu des vaches.

Calixte Malajas laissa son chien hurler et bondir à l'intérieur de l'étable. Puis il tira un coup sec sur la lanière en lui disant avec une sorte de douceur :

— Brigand, suffit !

Le chien étranglé baissa aussitôt le mufle, se tut et bâilla comme un toutou. Calixte Malajas lança à Ange, la voix rauque, en relevant sur son épaule un pan de sa houppelande :

— Alors, c'est toi qui empêches de traire ? Que je ne te reprenne pas à rôder autour des granges. Tu n'as rien à faire ici !

Ange vit Félix et la jeunette qui cachaient leur tête contre le flanc des vaches. Il ne jugea pas utile de prendre le risque de répondre. Il avait le corps parcouru de grands frissons. Il réajusta son chapeau en se donnant l'air de filer doux. Malajas fit reculer lentement son chien. Ange sortit sur le chemin.

Quelques gouttes de pluie rayaient de nouveau l'air de la prairie. Les trayeurs alertés par les aboiements et les bruits de voix s'étaient arrêtés dans la grange d'à côté et le regardaient passer. Le molosse recommença d'aboyer. Ange s'efforçait de retenir sa haine en se disant que cet homme avait un jour séduit sa mère.

Il franchit le pont, se rappela le regard étrange de Félix, revint s'abriter sous l'appentis de Ménie en guettant le tintement des bidons des trayeurs. Lorsqu'il l'entendit, il s'approcha et se montra à l'arrivée de la charrette à bras de Fontfroide. Félix tira la remorque du côté de la venelle et s'adressa fermement à la fille :

— Laisse-nous ! Et garde ta langue, ou tu auras de mes nouvelles !

Ange poussa la charrette sous l'appentis. Les nuées menaçaient toujours. Ils rentrèrent à l'abri. Félix dit soudain :

— Celui qui te ressemblait comme deux gouttes d'eau s'appelait Peter Mills. Il était courtier chez Rémy Martin.

— Il venait souvent à Fontfroide ?

— Il est venu pour goûter des eaux-de-vie. Il allait ailleurs aussi. Il achetait pour Rémy Martin. Calixte a flairé avec lui le bon gibier. C'était le moment où il commençait à avoir les dents longues. Il était marié à Angéline depuis six ou sept ans et il régnait sur Fontfroide comme s'il en avait toujours été le maître. Il développait le négoce. Il a attiré l'Anglais chez lui pour l'empêcher d'aller chez les autres. Rémy Martin avait pris de l'avance en commercialisant son cognac en bouteilles. Calixte a invité Peter Mills à Fontfroide une fois, deux fois. Nous avons mangé ensemble. Tu aurais vu Calixte : l'ancien domestique n'était pas peu fier de tutoyer l'Anglais qui portait redingote et cravate blanche, et canotait même avec ces messieurs de Cognac. Cela a duré une bonne année, presque deux : mon cul, ma chemise. Le grand break de Peter entrait dans la cour comme chez lui. Et puis tout d'un coup, tout a été fini. On a dit qu'il s'était installé comme agent de Rémy Martin à Londres. Certains ont prétendu qu'il était en Suède. J'ai même entendu dire qu'il était mort.

— Qu'est-ce que vous croyez, vous, Félix ?

Félix suivit des yeux un nuage noir, à ras de clocher. Il faillit parler, puis se frotta la moustache qui lui cachait la lèvre inférieure et ajouta :

— Toi, tu es là, et Calixte t'a reconnu.

— Vous ne l'aimez pas beaucoup, Calixte, si j'ai bien compris.

Félix se ferma. Ange comprit qu'il avait une nouvelle fois posé la question de trop. De toute façon, pour un homme silencieux, Félix Bourdarot avait considérablement parlé. Ange aida le vieil homme à tirer la charrette à bras hors de la venelle.

— Allez, bonsoir ! dit Félix.

11.

Le champ de foire de Châteauneuf n'était pas assez grand pour la foire exposition de mai. Elle débordait sur la route de Cognac, descendait jusqu'à la place de l'Hôtel-de-Ville. Les chevaux de bois tournaient devant la salle des fêtes. La musique du bal populaire remplissait tout le quartier, accompagnée par les claquements des fusils dans les baraques de tir.

Pendant toute la semaine, Julie travailla jusqu'au milieu de la nuit, tous les soirs, pour contenter ses clientes. Les chapeaux de feutre allaient être remisés dans les armoires et remplacés par les chapeaux d'été en paille. C'est que Cunéo d'Ornano en personne était attendu pour l'inauguration des stands en grande pompe.

Zacharie avait verni le chêne des cuves d'exposition et peint les cercles en rouge et noir. Pour apporter une touche originale à son stand, il avait fabriqué deux jolies fontaines cerclées de cuivre. L'une, remplie d'eau, servait logiquement de lave-mains. L'autre, pourvue de deux robinets, laissait couler du vin blanc et du vin rouge dans de petits gobelets de bois, les visiteurs pouvaient venir à volonté y étancher leur soif.

La tante Julie avait insisté pour habiller Ange.

— Écoute, mon garçon, lui avait-elle dit, tu ne vas pas porter ton costume noir, démodé. Je ne veux pas qu'on se moque de toi.

Elle lui avait coupé un costume de velours blond qui allait à son teint, avec ce rien de finesse dans le revers et la martingale qui le distinguait des grossiers costumes paysans. Elle n'était pas chapelière pour rien. Et la veille de la foire, pour le dernier essayage devant Zacharie, après avoir envoyé Ange chercher son chapeau gris — celui qu'elle lui avait offert — elle avait battu des mains.

— Tu vas être le plus élégant de toute la foire ! Tu vas faire tourner les têtes !

Léonce, la fille de Zacharie et de Julie, était là. Elle était venue d'Angoulême en train avec son petit garçon, François, pour l'amener faire des tours de manège. La jeune femme semblait une réplique de sa mère, aussi spontanée et vive. Elle avait tout de suite embrassé Ange et l'avait appelé cousin. Son mari était resté tenir leur magasin de pêche et de chasse, rue de Périgueux. Elle s'enthousiasma du costume confectionné par sa mère et proposa à Ange :

— Demain, tu viendras te promener avec nous.

Elle inclina avec coquetterie sa tête aux longs cheveux bouclés tombant sur le col haut de sa robe et chuchota à sa mère :

— Comme ça, au moins, je pourrai croire qu'on me regarde !

Le plus heureux de cette perspective était François, cinq ans, qui ne quittait Ange ni des yeux ni de la semelle. Il avait suffi que son grand cousin le prenne sur ses épaules pour qu'il soit séduit par ses yeux bleus et sa haute taille, et ne veuille plus s'en éloigner.

Ils se promenèrent tous les trois à travers la fête foraine. Léonce tenait Ange par le bras. Ils montèrent sur les chevaux de bois. Ange prit François dans ses bras à la baraque de tir et le fit appuyer sur la détente. Ils applaudirent un montreur d'ours et ses cinq chiens qui présentèrent délicatement à Léonce sur un coussin une pierre bleue porte-bonheur qu'elle acheta.

Il faisait chaud. Le soleil brûlait les bâches des stands. Ils croisèrent Louisette qui sourit à Ange et subitement s'empourpra en découvrant la belle Léonce auprès de lui. Elle tourna vivement la tête vers un étalage de sucreries. Léonce serra le bras d'Ange de plus près.

— Celle-là, s'amusa-t-elle, je ne la crois pas très contente de ma présence auprès de toi !

Zacharie entraîna Ange sous le chapiteau du concours de pineau. Les dégustateurs alignés sur une estrade prenaient des notes en silence, goûtaient gravement, ignorant le bourdonnement extérieur de la foire. Les propriétaires, en bas sur des chaises, s'essayaient à reconnaître leur production. Ils guettaient la couleur lorsque les dégustateurs miraient, s'interrogeaient, espéraient. Les bouteilles, toutes semblables, étaient pourvues d'un numéro.

Ange vit se retourner le chapeau de paille à large calotte ronde dans le deuxième rang à droite, et son cœur battit. Amélie était là, entre son père et son frère. Elle se retourna de nouveau. Leurs yeux se rencontrèrent. Il lui sourit et les lèvres de la jeune fille bougèrent, s'entrouvrirent, les fossettes se creusèrent sur ses joues. L'oncle Zacharie les surprit. Il se pencha à l'oreille d'Ange.

— Elle est jolie comme un bouquet, cette petite Boissière. Comment s'appelle-t-elle ? Aurélie ? Émilie ?

Ange ne répondit pas. Les membres du jury se retirèrent pour la délibération. Le public sortit du chapiteau. L'oncle proposa à Ange :

— Veux-tu qu'on lui dise bonjour ?

Et, sans attendre la réponse, il se fraya un chemin, tendit la main à M. Boissière.

— Alors, vous allez encore obtenir la médaille d'or cette année ?... Vous reconnaissez mon neveu ?

— J'ai appris que vous vouliez nous voler notre porteur de hotte pour en faire un tonnelier ? plaisanta M. Boissière.

— Il est tonnelier pour l'instant. Il choisira peut-être un autre métier. Il ne manque pas de possibilités, le bougre !

Ange, gêné, serra la main du fils, et se tournant vers Amélie, il s'entendit lui dire :

— Bonjour, je ne vous avais pas vue depuis la gerbaude.

Elle sourit.

— Moi non plus !

Les yeux gris-vert de la jeune fille s'attachèrent aux yeux d'Ange un peu plus qu'il ne fallait. Ils semblaient lui dire : « Qui êtes-vous ? Que cherchez-vous ? » Des taches de soleil dansaient sur son visage à travers la paille du chapeau. M. Boissière avait été interpellé par quelqu'un d'autre. Amélie suivit son frère et son père. Ange aperçut le mouvement de la main de la jeune fille vers sa gorge, et il eut l'impression qu'elle faisait ce geste pour contenir sa respiration. Il vit sa poitrine palpiter de façon très perceptible.

Des paillettes de poussière volaient, soulevées par le piétinement de la foule. Des odeurs chaudes flottaient. Des cris, des exclamations joyeuses fusaient de partout. Ange rejeta son chapeau sur sa nuque en souriant. Il leva les yeux au ciel, revit les miroitements des yeux d'Amélie, et laissa sa poitrine s'emplir de la liqueur du monde.

Victor Marchoux arrivait dans l'allée d'en face, la mine sombre. Zacharie le héla. Le régisseur ne se dérida pas.

— Avez-vous vu le patron ? demanda-t-il.

Il s'approcha de Zacharie et, à son oreille :

— Je viens de trouver des taches rouges de phylloxéra dans la vigne du Piot !

La nouvelle se répandit comme une traînée de poudre dans toute la foire. M. Boissière quitta aussitôt les stands pour aller vérifier les dires de son régisseur. Des rassemblements se formèrent dans les allées, et les hommes discutaient par groupes, ignorant la foire.

Ni Boissière ni Marchoux ne revinrent. Mais on sut que toute la pièce du Piot était malade. Les boursouflures couleur de sang tachaient partout les feuilles. Un vent de panique souffla. Les pétards de carabine s'espacèrent. Les allées se vidèrent. À cinq heures de l'après-midi, il ne resta plus guère que des enfants autour des manèges. Et les hommes, qui auparavant arpentaient les allées, se retrouvèrent dans les vignes comme pour la vendange.

Un domestique de chez Boissière arriva en fin de soirée et sortit de sa poche une poignée de feuilles malades qu'il avait cueillies sur le Piot. Elles circulèrent de main en main.

— On a eu la République, constata-t-il désabusé, maintenant on a le phylloxéra !

Un marchand avisé présentait des charrues injecteuses de sulfure de carbone. Les communes des bords de Charente étaient, paraît-il, bien placées pour pratiquer le traitement radical de l'immersion sous trente centimètres d'eau. Une lueur têtue d'espoir s'alluma dans les cœurs les mieux accrochés. Par-delà la foire, les vignes affichaient une santé insolente sur les coteaux au couchant.

— Qu'est-ce que vous voulez y faire ? Si le malheur arrive, il faudra le prendre !

Les mains qui pétrissaient les feuilles les déchirèrent, les réduisirent en miettes.

— Attendez, dit le domestique récupérant les morceaux.

Et il sortit son briquet.

Zacharie et Julie avaient donné à Ange la chambre haute à l'extrémité du Maine-des-Chaumes. On pouvait y monter par l'escalier de pierre extérieur, appuyé contre le pignon.

— Comme ça, tu pourras entrer et sortir sans avoir besoin de nous demander la permission.

Habitué à la salle commune de Saint-Pierre, il s'était demandé ce qu'il ferait de cette nouvelle liberté. Il avait marché certains soirs jusqu'aux chênes verts de la combe d'Armel toute proche. Il avait écouté glapir un renard. Il ne fermait jamais sa porte, n'ayant rien à voler. La fenêtre de sa chambre donnait sur la plaine et les coteaux. Les blés jaunissaient les fonds. Les vignes gravissaient les côtes, parfois jusqu'en haut. Le château Renaissance au loin était assailli sur sa motte par les arbres, le lierre et les broussailles. Depuis que le printemps prolongeait les soirées, Ange s'appuyait à sa fenêtre et s'imprégnait du cirque des collines emboîtées à perte de vue.

Il s'était couché après la foire, l'esprit troublé par les conséquences du phylloxéra. La fête était gâchée. Mais le sourire d'Amélie se mêlait à la désolation générale, et la joie l'emportait sur les malheurs futurs.

Il rêva d'une promenade avec elle comme avec sa cousine Léonce. Leurs pas faisaient rouler les graviers de l'allée. Sa main s'appuyait sur son bras, légère et fine. Il dut s'endormir, car il se réveilla en sursaut. Il perçut le bruit d'une respiration dans sa chambre et se prépara à bondir. Puis il reconnut le parfum d'œillet. Il chercha à voir à travers le noir, en s'exaltant du parfum répandu près de son lit. Il avait un quinquet sur sa table de chevet, mais ni allumettes ni briquet. Il chuchota enfin après un craquement du plancher :

— Ouvre donc les volets !

Des volets intérieurs fermaient sa fenêtre. Il n'attendit pas et se leva, se précipita aux carreaux. La nuit de pleine lune illumina la chambre. Il s'aperçut en un éclair que la pâleur lunaire réduisait les distances au-dehors : on avait l'impression de pouvoir toucher les peupliers, les vignes, le village lointain de Figerais. Louisette l'avait rejoint et lui ouvrait la bouche, de force. Elle était plus pressée que si elle avait été poursuivie. Peut-être voulait-elle se venger d'avoir vu Ange au bras de Léonce à la foire. Elle laissa tomber sa robe sur le plancher, tira Ange vers le lit.

— Aide-moi à enlever mon corset !

La lumière de la lune éclaira une émouvante et belle chute de reins. Ils se serrèrent d'abord avec une impatience brouillonne.

— Chut ! fit Ange. Mon oncle et ma tante n'ont pas besoin de nous entendre !

Louisette rit tout bas. Ils s'enhardirent ensuite à s'embrasser plus fort, sans faire de bruit. Ange se laissa envelopper par les mains, les bras, les jambes de Louisette. Elle avait de la mie tendre comme de la brioche. Elle était une cavale au long cours. Il eût été ardent jusqu'au matin, mais elle se leva soudain, s'assit au bord du lit et demanda à Ange de serrer les rubans de son corset. Elle enfila sa chemise, son jupon, sa robe.

Elle s'allongea auprès de lui et plongea aussitôt dans un sommeil paisible entrecoupé de profonds ronflements. Elle s'éveilla au petit jour comme une épouse appelée par les soins du ménage, effleura les lèvres d'Ange d'un baiser rapide, et s'en alla.

Ange fit faux bond au jardin de Ménie le dimanche d'après la foire. Louisette l'attendait sur le chemin et elle l'entraîna dans les carrières abandonnées. Les moellons dorés de toutes les maisons du pays y avaient été taillés à la scie dans la colline voisine du Maine-des-Chaumes, désormais peu exploitée. Des coupes étaient revenues à la vie sauvage. Des chênes et des genévriers avaient poussé dans les fonds et contre les parois.

Le couple erra à travers des salles et des couloirs en se tenant par la main. Les carriers avaient conservé des piliers et des murs pour soutenir des voûtes. Des puits profonds et de hautes murailles obligeaient à faire demi-tour et rebrousser chemin comme dans un labyrinthe.

— Je suis venue dans les carrières avec mon grand-père, disait Louisette. Il a scié la pierre ici toute sa vie et il connaissait les coupes comme sa poche.

Ils trouvèrent la salle ouverte sur la vallée que Louisette cherchait. Une échancrure dans la colline envahie de grands buis formait comme une fenêtre. Louisette expliqua que la combe des buis se trouvait au-dessous d'eux. Ange se demanda si elle n'était pas déjà venue là depuis son grand-père…

Quand Zacharie parla d'aller livrer des muids chez Rémy Martin, Ange s'offrit à accompagner son oncle pour la livraison.

— Pourquoi ? l'interrogea Zacharie. Je peux faire cette tournée sans toi.

— Je voudrais savoir ce qu'est devenu celui qui est peut-être mon père.

Ange raconta à son oncle ses conversations avec Félix Bourdarot. Il lui apprit que le vieux domestique était persuadé qu'il était le fils de Peter Mills, le courtier anglais de Rémy Martin.

— Ta tante ne s'était pas trompée, pensa l'oncle tout haut. Te souviens-tu de ton arrivée au Maine-des-Chaumes, la dernière fois ? Elle t'a trouvé un air anglais !

Il hocha la tête, et continua :

— On va essayer de rencontrer Rémy Martin lui-même, si c'est possible.

Zacharie possédait un robuste chariot de roulier à quatre roues. Il louait pour ces livraisons les deux percherons du voisin habitués aux longues journées de travaux dans les vignes. Ils arrimèrent cinq muids, trois dessous, deux dessus, sur le plateau de la remorque avec des câbles. Et, au début de l'après-midi, ils prirent la direction de Rouillac et du château de Lignères, situé sur un plateau en pente douce dans le territoire des Fins Bois.

La hiérarchie des crus de cognac était déjà solidement établie. Un hectolitre de vin de Grande Champagne se vendait vingt-cinq francs de plus qu'un hectolitre de Petite Champagne, et trente francs de plus qu'un Fins Bois. Mais les Martin, depuis le grand-père Rémy, s'étaient illustrés dans le négoce. Et le petit-fils, Émile-Rémy, continuait sur les traces de son aïeul. C'était un homme résolument moderne. Élu maire de Rouillac, il avait offert à son conseil municipal l'installation d'un câble télégraphique reliant Rouillac à Angoulême. Ses prestigieuses carafes de cristal Louis XIII avaient bâti sa renommée et commençaient à être copiées. Il collait désormais sur ses bouteilles ses nouvelles étiquettes à l'effigie du centaure, pendant que ses concurrents continuaient d'expédier leur cognac dans des fûts brûlés au fer.

Les tours d'ardoise du château mouillées de soleil jaillirent du feuillage au bout d'une longue ligne droite. Zacharie donna des guides aux chevaux qui se lancèrent dans un trot vigoureux. La lumière pénétrait les chênes du parc et allongeait l'ombre de leurs alignements. Le feu avait pris dans un chai et endommagé l'aile gauche de la vieille demeure. Émile-Rémy Martin avait commencé par reconstruire un « magasin » de foudres à eau-de-vie, et les cinq muids de Zacharie étaient destinés à cette installation pleine de coursives, d'escaliers de fer, de piliers, sur deux étages, comme la salle des machines d'un paquebot.

Un garçon de chai en béret conduisit Zacharie et Ange en faisant sonner ses sabots sur la passerelle jusqu'aux nouveaux bureaux d'Émile-Rémy Martin qui rentrait de visiter ses champs où les vignerons faucillaient. Le bas de pantalon serré dans des leggins, les souliers poussiéreux, les lorgnons à une boutonnière du gilet, il enleva son chapeau mou du fauteuil de cuir où il l'avait jeté, le suspendit au perroquet, et pria Zacharie et Ange de s'asseoir.

Il resta debout contre sa vitrine remplie de bouteilles, la veste ouverte dégageant la chaîne de montre sur le ventre, promenant le nez sur son verre de cognac. Zacharie respira bruyamment l'alcool, le mâchonna.

— Ça, c'est le nectar !

Ange opina du chef. Zacharie ajouta en faisant rouler le cognac dans le fond évasé de son verre :

— Si ce n'est pas trop abuser, monsieur, mon neveu aurait une question à vous poser.

— Je vous écoute, dit Émile-Rémy Martin en le fixant avec insistance.

Ange hésita, le nez dans son verre, impressionné, interrogeant son oncle du regard.

— Je suis à la recherche de M. Peter Mills. On m'a dit qu'il avait été courtier chez vous.

Émile-Rémy Martin décolla son dos de la vitrine, prit une gorgée, et se déplaça lentement en continuant de dévisager Ange.

— Peter Mills ? Vous me ramenez une vieille histoire.

Il examina Ange de la tête aux pieds, s'assit à sa table en face de ses visiteurs. Il posa son verre sur son maroquin déjà taché de cernes de cognac, ajusta son pince-nez. Ses prunelles grossies par les verres scrutèrent Ange de plus près, et enfin :

— Je me trompe peut-être, mais vous lui ressemblez beaucoup, jeune homme. Qui êtes-vous ?

Il interrogeait en même temps Zacharie des yeux. Ange répondit :

— Je suis probablement son fils.

— Avec qui ? Peter n'était pas marié.

Ange reprit son histoire et celle de sa mère, sans dissimuler les zones d'ombre et son désir d'en apprendre davantage.

— Vous ressemblez à Peter, constata Émile-Rémy Martin, et vous ne lui ressemblez pas. (Il ôta son pince-nez.) Vous êtes plus déterminé que lui. J'ai eu beaucoup d'estime pour notre ami Peter. C'était un artiste à sa manière. Il était le fils de notre agent de Londres. Il est venu en Charente pour apprendre. Il ne frayait pas beaucoup avec la colonie anglaise de Cognac. Il habitait le pavillon de brique au bout de l'allée des chais. C'était un garçon très discret, très courtois, qui se retenait souvent de s'exprimer par crainte de blesser. À cause de cela, sans doute, il entretenait de très bons rapports avec les Charentais. La première qualité pour un Charentais, vous le savez, c'est la discrétion... Au bout d'un an, il est devenu l'un de nos meilleurs courtiers.

Émile-Rémy Martin reprit son verre, le chauffa dans ses mains épaisses.

— Il avait un excellent nez. Il y a, peut-être, dans cette fine, une eau-de-vie sélectionnée par lui.

Ils humèrent à leur tour leur verre, comme pour y retrouver l'esprit de l'absent.

— Je ne lui ai pas connu de femme. Il valsait mieux

que moi qui danse comme un paysan. Il a retardé son départ pour être présent au bal de Lignères. Il a dansé toute la soirée, mais ne s'est arrêté à personne. Beaucoup de mères auraient été flattées de son intérêt pour leur fille. Je me souviens de lui avoir reproché de se réserver pour les petites Anglaises ! Il s'en allait en vacances à Londres. Il nous avait promis de revenir. La place de son père lui était assurée là-bas. Il est mort à l'entrée du train en gare d'Austerlitz d'une rupture d'anévrisme foudroyante. Il était pour moi certainement plus qu'un ami. Sa mort brutale nous a tous affectés.

— À quelle date est-il mort ? demanda Ange, la voix tremblante, sensible à l'émotion d'Émile-Rémy Martin.

— C'était après le bal de Lignères, donc en mai. Nous commencions de commercialiser la carafe Louis XIII, c'est en 1855 ou 1856.

— Ce ne peut être qu'en 1856, suggéra Ange, puisque je suis né en février de cette année-là.

— Attendez, dit M. Martin et il se leva.

Il tira un registre de l'étagère derrière son bureau et réajusta son pince-nez :

— C'était bien en mai 1856. Émile Chauvergne a été engagé en septembre pour le remplacer.

Ange jeta à peine un regard sur le registre que M. Martin tendait vers lui. Il pensa tout haut :

— J'avais trois mois. Ma mère et ma grand-mère sont mortes un mois après.

Il réfléchit et ajouta aussitôt :

— Vous dites qu'il est mort d'une rupture d'anévrisme ? Il ne venait pas de manger ou de boire ?

Émile-Rémy Martin remettait nerveusement ses lorgnons à sa boutonnière. C'était généralement lui qui posait les questions.

— Comment voulez-vous que je le sache ?

Zacharie comprit que l'entretien avait assez duré. Il vida son verre. Ange tarda à l'imiter.

— Attendez ! se rappela Émile-Rémy Martin. Un article sur l'accident de Peter a été publié à cette époque-là dans *L'Aurore*. Nous l'avons quelque part au château. Je vous promets de vous le communiquer dès que nous l'aurons retrouvé. Je vous remettrai aussi, si vous le désirez, l'adresse de notre agence à Londres. Plus je vous parle, plus je trouve que vous ressemblez à Peter. C'est effrayant ce que les enfants peuvent ressembler à leurs parents…

Il porta ses lorgnons devant ses yeux comme une loupe en examinant Ange, qui se leva.

— Vous êtes grand et mince comme lui…

Zacharie remit les guides des chevaux à Ange lorsqu'ils furent sur le banc du chariot.

— Conduis, mon vieux, dit-il en appuyant lourdement la main sur l'épaule de son neveu.

Le chariot tourna devant le pavillon de brique au toit plein de décrochements baroques et de décors de zinc où avait vécu Peter Mills. Ange lança les lourds chevaux dans la descente vers Rouillac. Allégés de leur fardeau, ils prirent un trot presque aérien. Ange pensait aux rencontres secrètes de son père et de sa mère à Fontfroide. Il ne savait pas pourquoi, mais, bizarrement, il avait toujours eu l'intuition que son père n'avait pas survécu à sa mère, sans doute parce qu'il ne lui avait pas donné signe de vie. En réalité, c'était donc son père qui avait précédé sa mère dans la mort. Il dit :

— Cela fait un mort de plus.

La voiture cahotait au milieu des vignes ensanglantées par le couchant. L'oncle répondit par un profond soupir.

12.

Le dimanche après-midi de la mi-juin où Ange vint chez Ménie, un vent d'orage agitait la toile de jute de la porte comme un drapeau. Des courants d'air brûlants entraient dans la maison et rendaient pénible la respiration de la bonne femme.

— Qu'est-ce qui te pèse sur le cœur, fiston ? demanda-t-elle, en s'épongeant la figure avec son mouchoir.

Il sortit de sa chemise la page de *L'Aurore* apportée au Maine-des-Chaumes par le piéton de la Poste. Il lut l'article intitulé : *Un mort dans le Bordeaux-Paris*. Et il commenta :

— Mon père n'a pas été tué par une rupture d'anévrisme. Ni les gendarmes ni le médecin n'ont tenu compte de la topette de cognac renversée près de lui sur le tapis. Ils étaient encore portés à croire, comme le suggère l'article, que la vitesse des trains pouvait causer des accidents de santé mortels. Je suis convaincu que mon père a été assassiné avec du cognac au cyanure, comme les mangeurs de Fontfroide un mois plus tard.

— Tu crois que c'est le même cyanure ?

— Je suis persuadé qu'il n'y a pas de différence de formule.

Ménie écouta battre sa pendule sans boîtier contre le mur. Les glaires de ses bronches l'accompagnaient avec des étranglements de sanglots. Elle pensa qu'elle avait eu raison de survivre jusque-là et eut envie de patienter encore un peu. Ses lèvres bougèrent en silence. Et puis :

— Tu crois que ça peut être lui ? ajouta-t-elle en fixant le rideau de jute comme si celui dont elle parlait avait pu le soulever à la place du vent et surgir dans l'embrasure.

— Qui voulez-vous que ce soit d'autre ? lui répondit Ange.

Mais les esprits étaient à présent tourmentés par d'autres soucis. Quelques jours après la foire, en effet, on avait découvert trois autres foyers de puceron *vastatrix* chez Pastier aux Groies, chez Lugues à Courpetaud, chez Rembaud à Ortre. Tous les matins, partout, propriétaires et domestiques parcouraient les rangs avec la hantise de dénicher l'affreux parasite. À leur retour, les femmes interrogeaient dans les maisons :

— Alors ?

Ils haussaient les épaules.

— Alors, rien.

Après un orage, le 8 juillet, et des trombes d'eau qui charrièrent la terre en bas des coteaux, le soleil tout neuf pénétra les pampres, éclaira les grappes grossies par la pluie et signala des taches du cancer rouge qu'on put voir se multiplier presque à l'œil nu. L'épidémie prit le mors aux dents. Les vignerons s'interpellaient :

— Vous l'avez, vous ?

— Ça y est, on l'a.

— Et vous ?

— Nous aussi.

Le phylloxéra choisissait pour commencer les vignes les plus difficiles à cultiver sur les crêtes, mais aussi les plus prometteuses, celles où on obtenait le plus de degré, et puis il descendait tranquillement, inexorablement, vers les fonds. Quelquefois, mystérieusement, il épargnait une pièce, comme par caprice. Les vignerons perplexes tournaient et retournaient les feuilles en demandant :

— Pourquoi ? Pourquoi ?

Cette résistance, comme par un effet d'une volonté diabolique jouait avec leurs nerfs. Les feuilles commençaient à tomber au champ du Piot. Il n'en resterait pas une en septembre. Les grappes se flétrissaient et coulaient. Quelques grains, par hasard, grossissaient anormalement, mais ils ne parviendraient pas à maturité.

Au mois d'août, cinquante pour cent du vignoble fut déclaré infesté. Fontfroide était atteinte à soixante-dix pour cent. Tout le pays était assommé. Les plus riches comme les plus pauvres étaient frappés de la même façon.

— Qu'est-ce que nous allons devenir ?

Ils se demandaient combien de temps ils pourraient tenir sur leurs réserves. Ils avaient construit ces demeures vastes comme des châteaux, multiplié les toits, les murs. Ils avaient dressé des portails rivalisant d'orgueil. Maintenant ils voyaient venir le jour où ils ne pourraient pas payer leurs dettes. Ils s'étaient crus à l'abri de tout. La Charente produisait chaque année quatorze millions d'hectolitres de vin. Son trésor se renouvelait aux vendanges. Et désormais les plus lucides reconnaissaient :

— Le pire c'est que nous ne savons rien faire d'autre !

Les premières pompes pour arroser les pieds au sulfocarbonate de potassium apparurent. Les Charentais pompèrent sans beaucoup d'illusion. Pour les sauver, ils ne comptaient plus guère que sur le bon Dieu, ou sur un retour de Napoléon.

La tante Julie se rongeait les sangs dans son magasin. Non seulement elle ne vendait pas de chapeaux d'été, mais ses meilleures clientes avaient décommandé. Les constructions avaient été stoppées net. Une belle maison en chantier à la sortie de Châteauneuf dressait depuis plusieurs semaines un squelette abandonné de murs et de charpente offerts à la pluie et au soleil. On aurait dit les ouvriers chassés par la panique. Les échelles étaient restées appuyées aux murs. Un fil à plomb pendait à un chevron. Le vent le balançait.

Zacharie avait suggéré au compagnon Corrézien de ressortir son bâton à rubans pour aller futailler ailleurs. Le Corrézien partit un midi après avoir embrassé les Gaborit et proclamé sur un ton vengeur :

— Partir, c'est vivre !

Il parlait d'autant plus haut qu'il en avait gros sur le cœur. Il avait pensé imiter Zacharie et s'établir en Charente. Il s'était lié avec une femme de Bouteville qui était décidée à l'aider à vieillir. Il rappela à Ange le bat à trois du matin de son arrivée dans la tonnellerie. Ils le virent s'éloigner sur le chemin de la plaine entre les éteules de blé comme l'avant-garde d'autres départs. Il gravit la côte du château. Zacharie grogna dans sa barbe :

— Se retournera-t-il ?

Il se retourna au moment de plonger de l'autre côté. Il agita les rubans de son bâton. Zacharie s'exclama :

— Adieu, Corrézien !

Ange continuait ses recherches dans ce pays désespéré. Il descendit au Moulin-des-Rivières, le soir du départ de Corrézien. Le village du Moulin se situait à deux cents mètres après Fontfroide, tapi derrière les rideaux de peupliers. Ange abattit la main du heurtoir de la petite porte peinte en gris au milieu du mur de jardin. Le ruisseau du Moulin jasait au fond sous les ramures de saules et d'ormeaux. Félix Bourdarot vint ouvrir et grimaça.

— Entre ! fit-il avec une évidente mauvaise humeur.

Il retourna s'asseoir sur son banc, sous le sorbier des oiseaux. Il mangeait dehors, dans sa cour, sur une table en fer ronde. Il piochait des fèves dans un saladier, les écossait, et les trempait dans le sel. Ange s'assit près de lui, sur le banc, sans y avoir été invité. Le jardin de Félix descendait jusqu'au bord du ruisseau. Il venait d'arroser ses haricots et ses salades. Deux arrosoirs de tôle étaient accrochés au piquet du portillon. Des tuteurs soulageaient un pêcher écrasé de fruits. Comme par une ironie du sort, tout donnait à foison dans les jardins en cette année de misère. Les branches des fruitiers cassaient sous le poids des fruits. Les pommes de terre n'avaient jamais été si belles. Si le temps continuait, on ramasserait des melons sucrés à pleines remorques. Félix versa du vin dans son verre.

— Tu en veux ?

— Non, merci.

Il but. Le vin colora de violet sa moustache blanche. Les guêpes bourdonnaient autour du pêcher. Le fond du verre de vin en attira une. Félix la chassa et, en la regardant repartir vers l'arbre :

— Tout « déva » depuis que tu es là, mon pauvre garçon.

Son grand nez s'enracinait en plis dans son front. Il répétait ce que disaient certains esprits faibles à Martignac au sujet d'Ange.

— Vous m'attribuez des pouvoirs que je n'ai pas, soupira Ange. Je ne possède pas la corde à virer le vent... Je ne sais pas moi-même où je vais.

Félix garda ses sourcils en broussaille relevés.

— Alors ? fit-il.

— Alors... je voulais savoir pourquoi vous vouliez tuer Calixte Malajas, le soir du malheur, quand vous êtes arrivé de la foire de Rouillac.

— Tu vois bien que tu es toujours dans le mal, grommela Félix en écossant nerveusement une fève. Nous avons mis vingt ans à essayer d'oublier. C'est cette vieille folle de Ménie qui t'a raconté tout ça ?

— Elle n'est pas folle.

Félix cessa d'écosser en regardant son jardin sans le voir.

— Est-ce que je sais pourquoi j'ai dit ça ? Ma petite Brigitte était morte. Je déraillais.

— Vous avez pris votre fusil...

— Oui, j'ai pris mon fusil ! Et alors ?

— Mon père est mort, Félix, quelques semaines plus tôt dans le train de Paris, probablement empoisonné par une gorgée de cognac à l'acide prussique.

Il déplia l'article de *L'Aurore*. Félix ne le regarda pas, soit qu'il se fiât à Ange, plus probablement parce qu'il ne savait pas lire. Il se versa un second verre de vin.

— Tu ne veux pas boire ? insista-t-il, et il se leva pour aller chercher un verre dans sa maison.

Ils trinquèrent.

— Avez-vous entendu ma mère et Calixte se disputer avant qu'il ne parte en voyage ?

Félix reposa son verre et le fit tourner sur la table en considérant les irisations du vin.

— Ils n'ont fait que ça, murmura-t-il. Ça durait depuis deux mois entre eux. Auparavant, ils vivaient chacun de leur côté, comme chien et chat. Ils ne se parlaient quasiment plus, mais se surveillaient sans cesse. Ma petite Brigitte était au service d'Angéline, qui la mettait dans ses petits secrets. C'est comme ça que j'ai appris la liaison de l'Anglais… excuse-moi… de ton père avec elle. Calixte est solide, mais ta mère n'était pas ratée non plus, tu peux me croire. Au début, avant qu'elle grossisse, ils n'arrêtaient pas de se chercher. Ils ne pouvaient pas se passer l'un de l'autre. Ça n'a pas duré. Ils ont fait chambre à part, et elle s'est vengée en engraissant.

Il s'arrêta, s'intéressa à la nouvelle guêpe qui se promenait sur la table et, lançant le bras, la trancha net avec son couteau. Il reprit :

— Leurs disputes des deux derniers mois ont commencé un soir, au souper. Calixte se servait et puis, tout d'un coup, il a jeté la louche dans la soupière en disant :

— Tiens ! ça me dégoûte !

Angéline a crié :

— Qu'est-ce qui te prend ? Tu es fou !

— Je suis fou ?

D'un revers de main, il a envoyé valser son assiette de soupe sur les carreaux. Angéline s'est mise à rire.

C'était nerveux. Je ne crois pas qu'elle se moquait. Il s'est levé :

— Ah ! ça te fait rire !

Il a pris la soupière et l'a jetée par terre. C'est un miracle que personne n'ait été brûlé. On était là, tous, à table, la mère d'Angéline, Ambroise, Joseph. Il a pris son chapeau. Il a claqué la porte. Après, ç'a été la dispute tous les jours. Un matin, Brigitte m'a appelé par la fenêtre de la chambre d'Angéline :

— Papa ! Papa ! Viens vite !

Je suis monté quatre à quatre. Il s'était introduit dans la chambre de sa femme et était en train de l'étrangler. Brigitte criait :

— Arrêtez ! Arrêtez ! en essayant de défendre sa maîtresse.

Il a obéi lorsque je suis arrivé. Il a pointé son doigt. Je ne sais plus très bien s'il a dit : « Je le tuerai ! » ou « Je te tuerai ! »

— Personne n'était informé de cela à Martignac ? l'interrompit Ange.

— Comment veux-tu que ça se sache ? Il y a les murs. On ne raconte pas aux autres ce qui se passe chez soi.

— Et personne n'a pu parler après, puisque tout le monde était mort… ajouta Ange le cœur battant. Sauf vous… Pourquoi n'avez-vous rien dit ?

Félix but une gorgée et, après un silence, il articula :

— Ils l'ont tout de suite arrêté, l'autre.

— Vous n'avez pas pensé que ça pouvait ne pas être lui, et que vous aviez le devoir de dire ce que vous saviez ?

Félix se leva, enfonça les doigts dans les verres pour les emporter vers la cuisine avec sa bouteille.

— Le devoir ! gronda-t-il. Qu'est-ce que tu viens nous prêcher avec ta morale ! Tu es un peu jeune pour m'apprendre mon devoir !

Il éleva la voix de sa cuisine :

— D'après ce qu'on m'a dit, tu es assez mal placé sur le plan de la morale, toi et tes simagrées de religion perdue…

La chaleur écrasait les nuits d'août. Les cigales stridulaient le jour, les grillons, la nuit. Ange dormait fenêtre et porte ouvertes. Il respirait dans son sommeil l'odeur âpre des vignes échauffées. Les ombres des sous-bois brûlants et des genévriers entraient dans sa chambre. Des odeurs de fruits trop mûrs et de baies pourrissantes les accompagnaient.

Par deux fois, Louisette avait surgi et s'était allongée sur lui en sueur, haletante, sans prendre le temps de se déshabiller. Il n'était plus allé à leurs rendez-vous dans la carrière et il l'avait prévenue :

— Je ne veux pas que tu me prennes pour ton bon ami. Ce qui est arrivé est de ta faute et de la mienne, parce que je t'ai cédé. Mais je ne vais plus venir.

Elle avait ri à pleine gorge en montrant ses dents saines et l'avait rejoint pendant ces deux nuits. Il s'était laissé faire.

Il la rencontra le dimanche de la frairie à Martignac. Le manège des chevaux de bois débordait de la place. La rue était envahie par la jeunesse qu'étourdissaient les bruits de la fête. Les garçons en sueur heurtaient comme sans l'avoir voulu les filles au passage. Deux gros hommes torse nu sur une estrade drapée de rouge soulevaient des essieus de charrette, invitant les costauds à rivaliser avec eux. Louisette s'approcha d'Ange.

— Pourquoi tu n'y vas pas ?

Elle portait un gros cœur d'or au cou. Une chaîne d'argent barrait sa ceinture.

— Qui t'a rendu si riche ? lui demanda Ange. Tu as reçu ces cadeaux de tes galants ? Je m'en vais chez Ménie.

— Tu préfères les vieilles, se moqua-t-elle. Tu iras voir Félix au Moulin ensuite ?

— Qui est-ce qui t'a dit que j'allais au Moulin ? Tu m'espionnes, maintenant ?

— Il y a des gens qui aimeraient savoir ce que le vieux Félix peut bien te raconter…, fit-elle, pleine de sous-entendus.

Elle changea de ton, et ses yeux se firent caressants.

— Fera-t-il bon dans ton lit, ce soir, au Maine-des-Chaumes ?

— Non, Louisette, c'est fini, ne viens pas. Si tu viens, je te mettrai dehors !

— Si tu me mets dehors, je crierai, et je réveillerai tout le village !

Sa camarade Sylvette, enlacée par un garçon comme une armoire, l'appelait :

— Eh ! Louisette, tu as vu ?

Le vendangeur qu'Ange avait nommé la Fouine était monté sur l'estrade. Il enlevait maladroitement sa veste, balançant ses longs bras maigres. Il adressa un sourire à Louisette, comme pour y puiser du courage. Louisette battit des mains en même temps que Sylvette.

— Bravo ! Vas-y, Pierrot !

Pierrot leva un poing vengeur. Il avait déjà remporté une victoire en ayant l'audace de monter sur l'estrade.

Pour la première fois, Ange mit le verrou à sa porte de chambre. Il s'allongea en chemise sur ses draps de chanvre, écouta le concert des grillons par la fenêtre ouverte en pensant qu'elle ne viendrait pas. Si elle venait, elle ne ferait pas de scandale, pour ne pas se déshonorer. Il revit les joues rouges et les cous ronds des filles sortant du bal. Certaines lui avaient adressé des signes d'amitié. Elles s'appelaient Jeanne, Edmée, Irma.

Il avait espéré apercevoir Amélie, l'avait cherchée à travers la fête et avait marché sur le chemin jusque chez Boissière. Il avait reconnu une petite bonne dans l'allée de sapins. Les cheveux collés au fer sur le front, elle pressait le pas vers la frairie. Il lui avait demandé des nouvelles de ses maîtres. Elle lui avait appris qu'ils étaient partis chez leurs cousins de Segonzac, Amélie aussi.

— Tu ne diras pas à ta maîtresse que j'ai pris de ses nouvelles !

Il était sûr qu'ainsi la coquine à la langue bien pendue lui ferait la commission. Il repartit heureux comme s'il avait pu parler à Amélie.

Il s'endormit en rêvant à ses cheveux châtaigne. Il ne les avait jamais vus défaits. Il les imaginait sur ses épaules avec des reflets acajou. Il réentendit pour la millième fois ses mots de la foire de Châteauneuf : « Moi non plus », et il revit ses yeux d'eau luisant d'écailles comme la Charente au soleil.

Il fut réveillé en sursaut un peu plus tard. Louisette l'appelait. Il crut avoir rêvé. Puis il l'entendit crier son nom, à nouveau.

— Tu peux toujours appeler, grogna-t-il, je ne bougerai pas !

Tout à coup retentit un Au secours ! qui ne semblait pas de comédie. Et pourtant il entendit des rires, et des voix qui n'étaient pas celle de Louisette. Il enfila son pantalon, tira doucement le verrou. Il vit quatre silhouettes dans la nuit sans lune éclairée seulement par les étoiles. Louisette voulait monter chez lui et trois garçons l'en empêchaient. Elle s'approchait et ils lui barraient le passage. Ange crut reconnaître la silhouette de la Fouine.

Ils commencèrent à l'entourer et à la bousculer. Ils la prirent par le bras et essayèrent de l'embrasser. Elle appela :

— Au secours !

Ange tira sa porte et leur cria d'en haut :

— Laissez-la !

La Fouine réjoui lança, la voix railleuse :

— Ah ! voilà le Blondin !

Il se précipita sur Louisette. Elle se débattit, lui porta sans doute un mauvais coup. Il hurla.

— Lâche-la ! ordonna Ange.

Louisette poussa un cri de douleur à son tour. Ange commença de descendre. Le trio s'était avancé vers l'escalier. Les grillons s'étaient tus, comme s'ils tendaient l'oreille. Ange dit à Louisette :

— Va-t'en ! Sauve-toi !

Il lança une savate à droite, prit un coup dans le ventre. La Fouine se jeta sur lui. Et la lutte inégale commença. Les coups partaient en silence. Il n'y avait plus de hurlements ni d'appels à l'aide. Seulement un grognement ou un râle lorsqu'un coup frappait juste.

La Fouine murmurait, lorsqu'il le pouvait, un provocant « Blondin ! Blondin ! » Heureusement, Ange était souple. Mais la nuit était sombre. Il sentait sa joue droite et sa lèvre enflées. Du sang lui coulait dans la bouche. Il avait reçu un mauvais coup sur l'épaule. On aurait dit le choc d'une pierre. Il avait étalé la Fouine d'un coup de genou dans le ventre. Un autre adversaire restait à terre après une manchette. Le troisième en garde reculait à petits pas.

Mais la Fouine se releva, menaçant. La lumière des étoiles scintilla sur la lame d'un couteau au bout de son poing. Ange recula à son tour. Il sauta sur la première marche, esquivant un éclair de l'acier à hauteur du ventre.

Alors la silhouette de Zacharie surgit de l'ombre. Il était armé de son bâton ferré de compagnon.

— Arrêtez !

Il avait la voix redoutablement calme.

— Toi, fit-il à la Fouine, rentre ton couteau !

Et à tous, enfin :

— Allez, maintenant, foutez-moi le camp !

Ils ne demandèrent pas leur reste. Louisette s'était déjà depuis longtemps évaporée dans la nature. Il s'adressa à Ange avec le même calme dur :

— Voilà ce qu'il en coûte, mon bonhomme, de courir la gueuse ! Allez, viens, ta tante va te soigner.

Julie sortit les compresses et l'arnica. Elle soupira, et c'était la première fois qu'elle faisait des reproches à Ange :

— Comme si on n'avait pas assez de malheurs comme ça ! Qu'est-ce que tu veux ?

— Ce qu'il veut, dit Zacharie, tu le vois bien, c'est la bagarre.

Il allait et venait en chemise, les jambes blanches et très maigres comparées à la rondeur de son corps. Il fut secoué par une houle de rire.

— Ah ! tu es beau. Si tu te voyais ! Moi aussi ça m'est arrivé autrefois…

— Si tu lui dis ça !… lui reprocha la tante, la bouche pincée.

Ange avait bien été frappé à l'épaule avec un gourdin ou une pierre, la peau était écorchée. L'os avait résisté.

— Tu aurais pris ça sur la nuque, mon vieux, tu étais raide sur le carreau, constata son oncle.

Sa joue était enflée, sa lèvre coupée.

— Tu vas être masqué pendant plusieurs jours ! fit-il en lui tendant le miroir.

La paupière lui tombait sur l'œil. Une estafilade partie du front s'enfonçait dans le cuir chevelu.

— Et encore, ajouta l'oncle, ça pourrait être pire demain matin lorsque tu t'éveilleras. Ils y sont allés de bon cœur. Il faut croire que tu ne leur revenais pas.

— Je crois que je les ai arrangés, moi aussi.

— N'empêche que, si je n'étais pas intervenu, vos imbécillités pouvaient tourner très mal.

Il se leva du banc où il avait fini par s'asseoir auprès d'Ange. La tante Julie aussi était en chemise de pilou, le col défait, les cheveux sur les épaules, les mains tièdes et douces à soigner.

— Ne continue pas à jouer le fanfaron, lui recommanda-t-elle, ou tu ne resteras pas avec nous !

Il comprit que ce n'étaient pas que des mots. Elle lui chuchota, comme si elle ne voulait pas être entendue de l'oncle :

— Toi qui pries le bon Dieu tout seul, tu ferais bien de lui demander le pardon de tes péchés.

Elle referma la bouteille d'arnica et lui donna une compresse. Elle laissa traîner sa main en caresse sur la joue saine d'Ange.

— Continue de t'en passer doucement, là où tu as mal, avant de t'endormir. Si tu peux te rendormir…

IV

LE RENDEZ-VOUS DE FONTFROIDE

13.

Les vignes les plus sévèrement touchées par le phylloxéra étaient peut-être celles de Calixte Malajas. Des versants entiers de ses coteaux avaient été frappés par la maladie avec une rapidité incroyable. Ce n'était pas pour déplaire à ses voisins qui murmuraient dans son dos :

— Il y a une justice !

Calixte avait en effet une extraordinaire voracité de terres. On le voyait toujours chez les notaires, guettant la plus petite parcelle, mettant secrètement par-dessus pour empêcher les autres d'acheter. Cette boulimie, déjà déclarée avant le massacre d'août 1856, avait empiré par la suite. À la mort d'Angéline, il possédait vingt et un hectares de bonnes vignes lui permettant de vivre largement et de nourrir bonnes et domestiques. Il en possédait désormais soixante-douze. Pour quoi faire ? Il n'avait pas de descendant. Ses neveux Malajas, intéressés par les biens du tonton, avaient essayé de lui faire bonne figure, mais ils le déclaraient invivable. Il séquestrait dans sa maison vide une femme bizarre, ramenée de ses voyages. On assurait qu'ils étaient officiellement mari et femme. On la connaissait à peine.

Elle ne sortait jamais dans Martignac. On n'avait pas fait de gros efforts pour se lier avec elle lorsqu'on l'avait croisée.

Calixte avait donné le dernier exemple de sa rapacité quelques jours avant la déclaration du phylloxéra. Il était allé voir un jeune cousin germain pour l'échange avec lui d'un morceau de prairie en Pradières. Le cousin n'était pas opposé au troc. L'échange permettait de regrouper leurs parcelles le long du Brassiaud. L'affaire était donc faite, lorsque Calixte ajouta :

— J'ai trois peupliers dans ma pièce, au bord de la rivière. Ils sont bons à abattre. Je les abattrai pour moi et, si tu veux, je t'en planterai trois pour les remplacer.

Le jeune cousin avait souri. Calixte l'avait sans doute jugé assez tendre pour l'embobeliner. Il secoua la tête.

— Non, cousin. Vous voudriez récolter tout de suite vos peupliers contre une promesse de récolte dans vingt-cinq ans. Ou on échange les parcelles telles quelles, avec leurs arbres, ou on n'échange rien.

L'échange ne s'était pas fait.

Calixte Malajas n'avait pas d'amis. Après le malheur, ses voisins avaient essayé de l'aider, mais il avait désespéré toutes les bonnes volontés. Il s'était barricadé dans Fontfroide avec sa nouvelle femme et un chien féroce qui défendait sa cour. Il n'ouvrait à ses domestiques que pour les vendanges et les travaux indispensables. Il n'en menait pas moins ses affaires avec une adresse maligne. Son cognac, qu'il distillait lui-même et partait vendre comme par le passé, était servi dans les meilleurs restaurants de Paris. Il traversait Martignac dans son boguet, vêtu du même costume de deuil, hiver comme été, saluant à peine d'un signe de tête, soulevant au mieux son chapeau.

Il surprit tout le monde en lançant les travaux de la prétentieuse tour carrée au toit d'ardoise, manière de jeter à la face du monde : Vous voyez, je prospère ! L'ébéniste Millon, de Châteauneuf, livra une armoire en noyer, un buffet, des fauteuils Voltaire, pour meubler cette aile nouvelle. Certains espérèrent que Fontfroide allait devenir un peu plus abordable. Mais les portes ouvertes aux ouvriers et aux livreurs se refermèrent derrière eux.

Ange apprit par Félix que Calixte était à Paris pour son négoce. Le phylloxéra avait fouetté les ventes de cognac. On n'avait jamais autant vendu à un prix aussi élevé. La demande avait augmenté. Les marchands achetaient tout, dans la crainte du manque. Et la Charente pourtant ruinée n'avait jamais gagné autant d'argent. Du moins les gros propriétaires comme Calixte : leurs réserves leur permettaient de voir venir. Les petits sans eau-de-vie dans leur chai étaient condamnés.

Il pleuvait lorsque Ange prit le chemin de Fontfroide, le deuxième dimanche de septembre, à l'heure de la grand-messe. Le bourg était vide. Ange marchait sous le grand parapluie bleu de son oncle. La bataille rangée du Maine-des-Chaumes avait fait du bruit dans le pays. Les trois voyous avaient chanté leur chanson à leur manière et n'en avaient pas été grandis. Louisette avait arrangé la vérité pour essayer de se disculper. Ange n'avait été épargné par personne et vivait en quelque sorte en quarantaine. À la tonnellerie, les clients rares, peut-être à cause de lui, l'évitaient.

— Comme si on avait besoin de ça ! bougonnait Zacharie dans sa barbe. Tu vas voir que les clients vont filer chez les autres. Déjà qu'il n'y en a pas beaucoup...

— Tu crois vraiment qu'il y est pour quelque chose ? lui répondait Julie qui le défendait cette fois. Tu ne vas pas t'y mettre à ton tour. Il n'est quand même pas responsable du phylloxéra !

Un après-midi, au sommet du Piot, aux guides de la voiture de l'oncle, Ange avait aperçu la capote d'un cabriolet venant à sa rencontre. Il avait pensé aussitôt à Amélie. Son cœur avait sauté de joie, car c'était bien elle. Il avait cherché ses mots, lui souriant par avance. Mais comme ils approchaient, il lui avait vu un visage fermé, pâle et triste. Elle lui avait adressé un regard lourd de reproches, avait tiré sur ses rênes et viré dans le chemin Ballon avant qu'il fût arrivé à sa hauteur. Ange avait compris qu'elle avait ordonné à son cheval de tourner pour l'éviter, ce chemin ne menait que dans les vignes. Il avait hésité à la poursuivre, avait arrêté son cheval, puis était reparti la mort dans l'âme.

Il abattit la main de fatma contre le heurtoir de Fontfroide dans cet état de désespoir profond. Ses coups retentirent dans un silence de tombeau. Il frappa de nouveau. La pluie tombait droite dans un ciel sans vent. Il entendit courir sur les cailloux et il reconnut les aboiements du doberman derrière la porte. Il frappa encore. Une voix de femme frêle, comme mouillée de pluie, demanda :

— Qui est là ?

— Ange Gaborit.

— C'est à quel sujet ?

— Je voudrais acheter du cognac.

Il y eut un silence, entrecoupé des aboiements furieux et des sauts du chien contre la porte piétonnière. La femme dit enfin :

— Attendez, je rentre le chien.

Elle appela :

— Brigand ! Brigand ! Viens ici !

Le chien se plaignit. Ange l'entendit continuer d'aboyer plus loin. Et puis des pas précipités crissèrent sur les cailloux. Le verrou du haut puis celui du bas furent tirés, la clé tourna dans la serrure. Sous un parapluie rose, coiffée d'un curieux bonnet de velours violet à bandeau blanc, les yeux bleus agrandis par des lunettes, une petite femme, toute menue, toute ridée, à cheveux gris frisés, apparut.

— Il vous aurait mangé, dit-elle avec un sourire doux, en désignant le chien au fond de la cour derrière la grille du paddock.

Et, comme si elle s'excusait de sa curiosité :

— Vous voulez du cognac ?

Ange se demanda comment avait été cette femme, plus jeune. Elle tremblait de froid. Elle avait jeté un châle de laine du même rose que son parapluie sur sa robe bleu pâle. Elle était pourtant à l'abri sous le porche. Ange se tenait sous la pluie.

— Je travaille chez Zacharie Gaborit, mon oncle du Maine-des-Chaumes, dit-il pour se faire connaître. Je voudrais acheter une bouteille de votre réserve familiale.

Elle parut effarée par la demande. Elle agita son parapluie.

— Je ne sais pas si j'en ai à la maison. Mon mari n'est pas là. Vous dites : le tonnelier du Maine-des-Chaumes ?

Ange décrivit la barbe, le bonnet de Zacharie. Elle sourit et, de sa voix timide :

— Il est venu futailler quelquefois chez nous.

— J'aimerais offrir votre cognac à mes parents qui sont en Vendée.

— Entrez, dit-elle.

Ange introduisit d'abord son parapluie. Il ferma la porte derrière lui.

— Faut-il mettre les verrous ?

Elle hésita :

— Oui, c'est mieux.

Il s'avança sous le porche. C'était la première fois qu'il découvrait cette maison de l'intérieur et il éprouvait la même sensation qu'à sa descente du train en gare de Châteauneuf pour les vendanges. Il avait l'impression de rentrer chez lui. Et, dans l'état de désolation où il se trouvait, il avait envie de pleurer en contemplant la longue façade à terrasse, grise sous la pluie, l'escalier, la cour, le puits, entre les deux longues ailes du chai et du templier.

La petite dame fripée sourit encore, inquiète du regard d'Ange. Lorsqu'elle souriait, ses lèvres découvraient ses dents régulières encore blanches. Elle suggéra :

— Si nous entrions ?

Ange distingua à travers la vitre du chai le col de cygne de la brûlerie. Son hôtesse le précédait à petits pas rapides comme si elle craignait de fondre sous la pluie. Elle fila sur la terrasse jusqu'à la porte vitrée de la tour neuve, où elle entra la première. Elle montra le porte-parapluies de faïence, pria Ange de s'asseoir dans un fauteuil Voltaire. Il s'excusa :

— Je suis mouillé.

Il préféra une chaise cannée. Une peinture beige encadrait les murs tendus de soie rose. Deux colonnes de pierre supportaient des lampes de porcelaine ornées d'oiseaux des îles. La femme piétina, tourna sur elle-même, hésitante, dit enfin, rosissante :

— Je vais voir si je trouve du cognac.

Il pensa qu'elle avait pu être jolie. Elle disparut par la porte de derrière. Il l'entendit ouvrir des portes de placard. Cette belle salle au parquet ciré ne devait pas recevoir beaucoup de visites. On y respirait une douceâtre odeur de cellier. Les fauteuils, la vitrine, le tableau sur le mur, *Une séance du Conseil d'État le 7 mars 1857, sous la présidence de l'Empereur, dans la salle des Tracées, au palais des Tuileries*, avaient un air sans vie d'inhabité.

— Nous ne venons pas souvent dans la tour, fit-elle à son retour, devinant ses pensées.

Elle portait deux bouteilles et un petit verre de cristal ciselé.

— Calixte a voulu construire cette tour pour moi. Je n'en avais pas besoin. La maison était déjà bien assez grande pour nous deux.

Elle versa du cognac dans le petit verre.

— Vous allez goûter. C'est le même que dans la bouteille qui n'est pas entamée.

Ange respira le cognac en disant :

— Vous ne vous ennuyez pas toute seule lorsque M. Malajas est parti ?

Elle haussa les épaules, les bras ramenés sous sa poitrine.

— Oh ! je suis habituée. Jacquet dort dans la chambre du bout. Il me tient compagnie et m'empêche d'avoir peur.

Elle parlait du domestique qui ne sortait jamais et entretenait leur jardin.

— Et puis vous avez le chien, ajouta Ange.

— Oui ! fit-elle avec une sorte de petit cri plaintif.

— On ne vous voit pas beaucoup à Martignac. Vous ne sortez guère. Personne ne vient vous voir ?

Elle haussa de nouveau les épaules. Son regard s'assombrit. Elle ne répondit pas. Elle s'empara de la bouteille. Ange se laissa resservir.

— Il est bon, reconnut-il.

Elle tira le fauteuil par la têtière et s'assit.

— J'ai été serveuse autrefois...

Elle enleva ses lunettes et se frotta les paupières.

— ... à *La Pie soûle*, le café restaurant de Narcisse Lesaux, rue du Marché-Sainte-Anne. Calixte y vendait son cognac et y prenait pension quand il venait à Paris...

Ange considéra la petite femme craintive et l'imagina serveuse dans un café parisien. Elle tira sur son châle rose, posa ses mains à plat sur ses jambes. Elle regarda la pluie frapper les carreaux.

— J'étais vive alors. On m'appelait la Fourmi, parce que je ne m'arrêtais jamais. Je suis entrée à *La Pie soûle* avec ma mère, le jour de mes trois ans, en 1839. Ma mère est morte dix ans après, de l'épidémie de choléra qui a tant tué dans Paris. *La Pie soûle* était ma maison, et ma famille. J'allais chercher l'eau à la fontaine au milieu des quatre halles du marché. Je balayais le plancher. Calixte est venu. Il est revenu. Il a pris ses habitudes chez nous. Les Lesaux l'aimaient à cause de sa discrétion. Il arrivait, s'asseyait à sa table. Il n'était pas bavard et vaniteux comme les clients du quartier. Les Lesaux étaient fiers d'avoir pour pensionnaire un homme qui fournissait le *Grand Café parisien*. Narcisse disait à sa femme, Marguerite :

— Il en a ! Il gagne de l'or avec son cognac.

Ils m'ont tout doucement poussée vers Calixte, après la mort de ma mère.

— Ne t'inquiète pas, tu auras droit à des petits cadeaux !

La première fois que nous sommes sortis ensemble, je n'avais pas dépassé seize ans. Je portais une robe rose avec une ceinture par-derrière. C'est depuis ce temps-là, je crois, que j'aime le rose. Il m'a pris par la main. Il m'impressionnait avec sa redingote noire et son haut-de-forme. J'aurais été plus à l'aise avec un ouvrier en blouse et casquette à visière de cuir. Il a arrêté un fiacre, et nous nous sommes retrouvés au *Moulin de la Galette*. Il faisait beau, la poussière volait sous les arbres, soulevée par les danseurs. J'étais en cheveux. Les jolies bourgeoises étaient coiffées de chapeaux que j'enviais. Calixte dansait comme un ours, mais comme un ours gentil. Il s'excusait avec un sourire bien élevé de me monter sur les pieds. Je pensais avoir appris à reconnaître les hommes à *La Pie soûle*. Et je devinais la mie sous la croûte chez Calixte. J'étais persuadée que, derrière l'apparence rugueuse du négociant, se cachait un cœur généreux. Il m'a d'ailleurs dit, ce jour-là, et il m'a rassurée :

— Je suis sorti d'un trou de fourmi comme toi !

Moi, la musique, les cris, les danses, m'avaient tourné la tête. J'avais chaud, j'avais soif. J'ai bu un bock, deux bocks, trois bocks, si bien qu'il a dû me porter dans mon lit…

Cela a duré comme ça, six, sept ans les petites fêtes, les petits plaisirs, les petits cadeaux quand il venait. Et puis un jour, Calixte m'a dit :

— J'ai perdu ma femme. Elle a été empoisonnée pendant que j'étais parti. L'assassin a été condamné au bagne. Émilienne, veux-tu venir habiter chez moi, en Charente ?

Je lui ai répondu :

— Je veux bien, Calixte, mais à condition que vous m'épousiez.

J'avais trop l'habitude des hommes de passage à *La Pie soûle*. Ils étaient toujours prêts à vous offrir la lune. Cela m'était déjà arrivé avec un autre. Calixte n'était pas le premier. Ma mère était une femme très bien. Elle m'avait recommandé de ne pas me laisser faire. Nous nous sommes mariés à la mairie du Ier arrondissement, et à l'église Saint-Roch. Je n'étais pas grasse, mais j'avais de la chair. Vous ne me croirez pas, j'étais brune comme une Tatare. On a dansé le soir du mariage. Marguerite Lesaux m'a dit :

— Tu vas devenir une grande dame, Émilienne. Tu n'oseras même plus dire que tu étais serveuse à *La Pie soûle*.

Je me suis défendue :

— Je n'aurai jamais honte de vous !

Je ne savais pas ce qui m'attendait. Je croyais Marguerite quand elle me disait que j'avais réussi le plus beau coup de ma vie. Nous sommes arrivés à Fontfroide. Calixte n'a jamais été méchant avec moi. Je savais depuis le début qu'il était ours, et n'exprimait pas ses sentiments. Ce qui a déplu aux gens de Martignac, c'est que je m'installe dans les murs et les meubles de sa première femme. J'ai essayé d'aller vers les gens, croyez-moi. Tout le monde m'a rejetée. J'ai eu droit à tous les noms : la Parisienne, l'étrangère, la catin de Calixte. Petit à petit, je me suis enfermée entre ces murs. Je ne suis pas malheureuse. Je mange à ma faim. Je me promène dans le jardin. Je ne regrette rien. Calixte ne vit que pour ses vignes. Je lui ai dit un jour :

— Pourquoi tu m'as demandée en mariage ? Qu'est-ce que cela change pour toi ?

Il m'a répondu :

— Ça change. Ne t'occupe donc pas de ce que pensent les autres !

Une fois, il m'a proposé de m'emmener avec lui à Paris. Nous serions allés à *La Pie soûle*. Je n'ai pas voulu. Narcisse est mort. Il n'y a plus que la vieille Marguerite qui me reconnaîtrait. Peut-être que les choses auraient été plus gaies si nous avions eu des enfants…

Elle se tut, cessa de regarder la pluie tomber. Ses yeux revinrent à Ange. Elle battit des paupières :

— Je ne sais pas pourquoi je vous raconte tout ça !

Elle prit ses lunettes en se moquant d'elle.

— Je suis devenue myope comme une taupe !

Et, découvrant le verre d'Ange vide :

— Vous emporterez la bouteille, mais je ne sais pas le prix.

Ange murmura, en regardant les rides verticales autour de la bouche, la peau grise flétrie :

— C'est vrai. Pourquoi m'avez-vous dit tout ça ? Vous ne me connaissez pas…

Elle haussa les épaules, et il crut surprendre un air de ce qui pouvait être la Fourmi d'autrefois.

— Je n'ai pas souvent l'occasion de parler, et il n'y a personne pour m'écouter !

Elle tourna la tête pour dissimuler ses yeux devenus brillants.

— Je n'emporterai pas la bouteille, dit Ange. C'était un prétexte. Je suis le fils d'Angéline.

Émilienne ouvrit la bouche. Ange lui raconta son histoire, à son tour. Elle resta les bras croisés frileusement, tirant sur son châle. Elle l'interrompit avant qu'il ait fini, comme si la suite ne l'intéressait pas :

— Voulez-vous déjeuner avec moi ?

Et, sans attendre la réponse :

— Je vais vous faire visiter la maison.

Elle s'était levée. Elle marchait à petits pas rapides, soudain active. Elle souriait, semblant s'amuser. Ange la suivit à travers le corridor sonore, gravit l'escalier raide et tournant. Elle poussait des portes de chambre, ouvrait des volets. Il suivait en silence, s'attendant à voir sa mère se retourner derrière une porte. Elle lui dit :

— Ici, c'est la chambre de Calixte.

Ils n'y entrèrent pas. Elle poussa la porte de la salle à manger. Le jour, pénétrant par la seule porte-fenêtre aux contrevents ouverts, éclairait de sa lumière mouillée la table et le lustre de bronze, des chaises de cuir. Une banquette de bronze Napoléon III, peinte en bleu porcelaine, apportait la seule touche de couleur. Ils passèrent dans la cuisine pavée. Toute la vie de la maison était rassemblée là. Le cuivre de la fontaine brillait près de la porte. Une bûche s'éteignait dans la cheminée. La chaleur venait de la cuisinière noire contre le mur émaillé, sur laquelle se balançait une cocotte au fond arrondi. Elle remplissait la pièce d'une délicate odeur de viande en sauce. Ange pensa : « De la blanquette de veau. » Et puis : « De la daube au cognac ! » Il ne s'assit pas. Les vitres embuées par la vapeur empêchaient de voir le jardin.

— Ça s'est passé ici, dit-elle. La salle à manger ne servait que lorsqu'il y avait du monde. Elle ne sert maintenant plus jamais. Fontfroide est devenu un musée dont je suis la gardienne. Vous pouvez me faire confiance : tout est à la même place.

Elle avait posé son châle sur le dossier d'une chaise. Elle enleva son bonnet de velours, découvrant des cheveux jaunis. Ange soudain n'avait plus faim. Il pensa : « Je ne resterai pas déjeuner. Je vais m'en aller. »

La voix détimbrée par la pluie de la cloche de l'église annonçait la fin de la messe. Ange s'approcha de la porte de derrière, effaça du doigt la buée sur la vitre. Il vit le jardin, les lauriers-cerises au feuillage ruisselant, au loin les peupliers jaunis aux têtes agitées par le vent. Il devina la fontaine au milieu d'eux. Émilienne sortit les assiettes. Elle y mettait tant d'empressement, s'affairant autour de la table, qu'il n'osa pas briser sa joie en s'en allant.

— J'ai quelque chose à vous donner. Mais vous ne l'aurez qu'à la fin du repas..., fit-elle, mystérieuse.

Jacquet entra, la casquette sur la tête, et avec lui une odeur de chien mouillé.

— Allons, Jacquet, dis bonjour au monsieur ! Et enlève ta casquette !

Jacquet tendit une main molle de simplet, en regardant Ange par en dessous. Il avait la quarantaine, au plus, de gros yeux marron, des lèvres épaisses sans cesse mouillées par l'apparition d'un bout de langue rose. Il s'assit à la table.

— Jacquet, va remplir la bouteille de vin !

Jacquet se saisit de la bouteille et fonça vers la porte.

— Il n'apprécie pas votre présence. Il est un peu jaloux. Il mangerait dans ma main.

C'était bien de la blanquette de veau. Des carottes sucrées et des petits champignons baignaient dans la sauce. Sitôt le café, Jacquet se sauva. Émilienne se leva.

— Je vais vous donner maintenant votre petit cadeau. Attendez-moi, il faut que j'aille le chercher dans ma chambre.

Ange quitta sa chaise, fébrile, s'assit dans le fauteuil à l'extrémité de la longue table. Sa grand-mère devait être installée dans celui-ci. Il se releva, se risqua à pousser la targette du placard. De larges étagères de marbre étaient scellées au-dessus de l'évier de pierre. La plus haute, en bois, était encombrée de bouteilles. Le flacon de cognac au cyanure se trouvait autrefois là-haut. Ange regagna sa place, le cœur battant la breloque, les mains tremblantes. Il était sur les lieux du crime. Il était persuadé de connaître l'assassin.

Émilienne parut, avec un sourire de timide.

— Voilà, dit-elle.

Et elle lui tendit une plume de paon. Ange, désorienté, ne sut que répondre. Il sourit, remercia, regarda la moire d'yeux sur la palme épanouie de la plume, puis les yeux d'Émilienne aux paupières tombantes. Elle le dévisageait de ses grosses prunelles rondes de chouette derrière leurs carreaux. Elle colla ses lèvres ridées en une moue boudeuse :

— Nous avons eu des paons jusqu'à l'année dernière. Heureusement j'ai conservé leurs plus belles plumes !

Il pensa que, dans sa solitude, la pauvre Émilienne devait dérailler parfois. Il se prépara à partir. Elle leva la main comme pour le retenir, entrouvrit la bouche comme pour lui dire autre chose. Elle secoua la tête, et ne fit rien entendre d'autre qu'un petit cri. Il repartit déçu, froissant la plume de paon contre la poignée de son parapluie. Il avait le sentiment de n'avoir pas recueilli tout ce qu'Émilienne avait à lui confier. Il avait cru, quand elle était partie dans sa chambre, qu'elle allait lui révéler quelque secret mystère.

Il pleuvait encore à la fin de l'après-midi de ce sombre dimanche, et la nuit avait remplacé le jour sans qu'on s'en aperçoive lorsqu'une voiture à capote cirée entra sous le porche du Maine-des-Chaumes. Zacharie ouvrit la porte à Jacquet le simplet qui fit tourner entre ses doigts sa casquette ruisselante :

— Ma maîtresse voudrait parler à Ange Gaborit ! demanda-t-il abruptement.

Le cuir de sa casquette avait imprimé un cercle dans

les cheveux d'un noir de jais. Ange s'approcha. Il était occupé à monter une nasse sur la table avec son oncle.

— Où est-elle, ta maîtresse ?

— Dans la voiture.

— Fais-la entrer, dit Zacharie à Ange qui alluma la lampe tempête et prit le parapluie.

Le vent fouettait la pluie entre les pattes du cheval qui s'impatientait sous le porche. Émilienne se rencogna instinctivement lorsque Ange éleva sa lanterne. Elle était coiffée de son affreux bonnet à bandeau blanc. Elle refusa de descendre et elle sortit soudain de dessous sa limousine de bure un coffret de bois noir marqueté d'ivoire qu'elle tendit à Ange.

— Je suis venue vous apporter ça !

Elle sourit de son air surpris et elle s'enhardit à lui mettre une petite clé dans la main.

— Ouvrez-le.

Ange monta sur le marchepied, posa la lampe sur le siège auprès d'Émilienne, ouvrit le coffret. Il était rempli d'un paquet de papiers liés avec de la ficelle à rôti.

— J'ai trouvé ça, dit-elle, dans un vieux carton à chapeaux. J'ai eu le temps de fouiller la maison depuis que je suis à Fontfroide. Ce sont des bouts de billets, des sortes de lettres, écrits probablement par votre père, que votre mère cachait dans le grenier. Je ne les ai pas montrés à Calixte. Ils seraient sûrement passés dans la cuisinière.

Elle avait l'air heureuse. Elle paraissait s'amuser. Ses yeux luisaient d'un éclat malicieux derrière les lunettes. Elle n'était pas si folle qu'elle s'en donnait l'air. Elle avait bien un important secret à lui confier, comme il l'avait deviné. Elle lui avait fait cadeau d'une plume de paon pour lui donner le change et prendre le temps de la réflexion. Ange la remercia en essayant de dénouer la ficelle.

— Ne les défaites pas ici ! Emportez-les ! Elles sont à vous. Vous me rapporterez la boîte, si vous voulez. C'est moi qui les y ai mises.

Elle regarda Ange de ses larges yeux myopes.

— J'ai imaginé le poupon de cette histoire d'amour.

Cela aurait pu m'arriver à *La Pie soûle*. Beaucoup de billets ne sont pas datés. J'ai du mal à réaliser, en vous voyant, que le bébé est devenu cet homme…

— Vous êtes déçue ?

Elle fit entendre un petit cri :

— Si j'étais déçue, je ne vous donnerais pas cette boîte. Je ne suis pas sûre d'avoir raison.

Elle ajouta après avoir réfléchi :

— … Mais je suis plutôt contente !

Et elle se rejeta dans l'ombre.

14.

Ange s'enferma dans sa chambre et passa une partie de la nuit à lire. Les gouttières chantaient, les griffes de la pluie grattaient aux carreaux. Ange ne les entendait pas. Il dépliait les papiers, imaginant des doigts de femme, ceux de sa mère qui les avait ouverts la première, et les avait dissimulés sur elle. Il avait l'impression de commettre un sacrilège. Émilienne, glissée dans leur histoire, lui semblait une intruse.

Les feuilles avaient jauni. Certaines s'étaient couvertes d'une pelucheuse poussière qu'Ange effaçait du doigt. Il embrassait les phrases brûlantes jetées dans l'urgence sur le papier, avant de les lire. Toutes étaient d'une belle écriture noire soignée, aux jambages fermes et réguliers, sépia sur les marges. Il lisait lentement en murmurant certaines phrases, et il lui semblait entendre une voix d'ombre les lui chuchoter :

jeudi

Ma douce grande

De quel matériau sommes-nous faits ? J'étais sûr, hier, dans ta chambre, que ta présence m'était aussi indispensable que l'air que je respire. Pourtant j'ai réussi à traverser la cour, prendre mon cheval, te saluer et m'éloigner comme si rien n'était arrivé. J'avais sur mes joues, sur mes lèvres, sur mon cœur, la brûlure de tes baisers, et j'arrivais à montrer un visage ordinaire. Je me touchais la bouche : est-ce possible que cela ne se voie pas ? Comment puis-je vivre loin de toi ? Mais je ne survivrai pas bien longtemps, je mourrai si tu ne m'emprisonnes pas entre tes bras avant dimanche.

Peter

Tu me dis que j'ai réveillé en toi la femme qui dormait. Il faut se méfier de la femme qui dort !

P.

mardi 20 septembre 1855

Mon amour,

Il va être parti toute la semaine ? Et si nous nous échappions, nous aussi ? Le grand Bob me prête sa maison de Blanzac. Personne n'y vient en semaine. On n'y voit que des paysans au milieu des vignes, au loin. Un gros chat noir et blanc, Bouloche, chasse les tourterelles dans les cèdres. Nous aurions toute la semaine rien qu'à nous. Je te promets un grand lit profond comme tu les aimes. Et un inépuisable sac de baisers. J'emporterai ma collection de thé. Je te servirai un Orange Pekoe au réveil avec des petits toasts tartinés de miel. Mais, si tu le veux, tu pourras boire des litres de ton cher Twining. Toute une semaine, rien qu'à nous, jour et nuit, c'est comme si on nous faisait cadeau d'une part d'éternité.

P.

Mes amis Boissière m'ont reproché d'être bien grave, hier soir. Comment ne pas penser à la mort, quand je meurs chaque fois que je m'arrache à toi ?

Peter

My angel

J'ai toujours pensé que life is not worth living (la vie ne vaut pas la peine d'être vécue). C'était le résultat de la sévère éducation anglaise. Je me jouais l'élégante comédie du désespoir. Et puis je suis arrivé en Charente. Et je t'ai vue. Je te vois partout. Mon bonheur ne tient pas qu'au plaisir physique de l'étreinte. Il y a entre nous, mon ange, une exceptionnelle communauté d'âme.

P.

Sweet Honey, Mon miel sucré,

I bless you whenever I think of you, which is very often. Je bénis ton nom chaque fois que je pense à toi, c'est-à-dire tout le temps.

21 janvier 1856

Angéline,

Je ne crois pas que nous réussissions à nous aimer une année encore dans le mensonge. Vous partagez trop, lui et toi. Je suis jaloux de l'air que tu respires auprès de lui. Un jour, il finira par lire sur moi que je lui prends sa femme. You are his thing : tu es sa chose. Jeanne Boissière est sortie avec moi sur la terrasse. Tu connais sa perspicacité. « Qu'est-ce qui vous arrive, Peter ? m'a-t-elle demandé. On vous a changé. » Elle a ajouté, malicieuse : « Seriez-vous amoureux ? » Que crois-tu que j'ai répondu ? Tu connais mieux que moi la violence de ton mari. Je suis convaincu qu'il me tuerait comme un chien, s'il apprenait que nous nous aimons...

mardi 21 mars 1856

Bonne nouvelle. J'ai parlé à Rémy Martin. L'installation d'un comptoir au Caire ne fait plus de doute. L'agent desservira tout le Moyen-Orient. Je peux être cet agent, si je le veux. Pour l'heure, je me contente de préparer une expédition de tous les agents Rémy Martin avec le big boss en Égypte. Voyage prévu pour juin. Installation du bureau en septembre. Fais ta valise. The world belongs to the people who love each other. Le monde appartient à ceux qui s'aiment. C'est toi qui me l'as dit, en français.

Ton Peter

C'était le dernier message daté de son père. Ange s'incrusta la phrase anglaise dans l'esprit : *The world belongs to the people who love each other*. Il chercha avec soin parmi les papiers, les étala sur son lit, sur la table, vérifia dans le coffret d'Émilienne au cas où il en aurait oublié. Nulle part on ne parlait de lui. Peter connaissait-il son existence ? Angéline lui avait-elle écrit des billets semblables ? Ainsi ils étaient décidés à partir ensemble. Il aurait pu connaître une enfance égyptienne...

Il se leva pour pousser le verrou, s'empara de son chapeau rabalet sur la boule du pied de son lit et s'en coiffa. Il resta, bras croisés, devant ce trésor. De temps en temps il tirait un billet, le relisait ému, en souriant, le reposait. Il s'émerveillait du miracle de cet homme et de cette femme venus d'horizons si lointains qui partageaient *une exceptionnelle communauté d'âme*. Il s'endormit à côté de son trésor. La nuit devenait très noire et la pluie picotait sans cesse les carreaux.

Les vendanges approchaient. Les vignes dévastées côtoyaient des parcelles aux grappes traînant jusqu'à terre.

— C'est un scandale, constataient des Martignacais révoltés, chaque pied remplirait un panier !

Ils pétrissaient les feuilles en train de mourir, détachaient les grappes desséchées.

— Au lieu de vendanger, il va falloir se payer le sale boulot !

Ils évoquaient l'arrachage des vignes, la charrue dans les ceps, le craquement des racines brisées. Et ils répétaient :

— Qu'est-ce que nous allons devenir ?

Les plus entreprenants imaginaient des solutions nouvelles : puisqu'on sait faire de l'eau-de-vie et la vendre, pourquoi ne pas imiter les producteurs du Nord et se tourner vers l'alcool de grain ? Pourquoi ne pas mélanger l'alcool de grain et le cognac ? On obtiendra une eau-de-vie légère. Des étiquettes attrayantes, un peu de coloration boisée rendraient l'eau-de-vie très vendable. Certains avaient déjà essayé ces mélanges. Calixte Malajas en était. Les puristes en avaient des haut-le-cœur.

Pour l'heure, les vendanges réduites de plus de la moitié, la main-d'œuvre saisonnière n'était plus utile. M. Boissière avait écrit aux Gaborit de Saint-Pierre pour les prévenir qu'il ne renouvellerait pas leur contrat. Ange profita de ce prétexte pour remonter l'allée des sapins. Il n'osa pas frapper à la porte de la maison. Il trouva Victor Marchoux dans les chais qui le rassura :

— Ne t'inquiète pas, le patron a prévenu ta famille. J'imagine que tes parents avaient besoin des sous gagnés ici pour vivre. Qu'est-ce que tu veux y faire ?

Ange n'en repartit pas moins par la cour d'honneur. Amélie lisait dans une chaise longue, sous le palmier. Les arceaux d'un jeu de croquet étaient plantés dans la pelouse. Un maillet, des boules étaient abandonnés sur l'herbe. Ils se saluèrent de loin, et leurs regards se fuirent. Ange ralentit le pas et s'arrêta, traçant des signes sur les graviers avec son soulier. Amélie avait replongé dans sa lecture. Elle releva la tête. Le cœur d'Ange battait. La cour était déserte. Seul un chat cendré dormait au soleil sur la pierre chaude du balcon. La porte du vestibule était ouverte, un paletot de chasse pendait à la patère du mur. Amélie posa son livre et se leva dans sa robe blanche à frange de dentelle. La lumière du soir ambrait son visage sous son chapeau à large bord. Il le vit s'empourprer tandis qu'elle s'approchait.

— Vous désiriez parler à quelqu'un ?

— Oui, à vous.

Elle secoua la tête, commença de se détourner. Ange enveloppa du regard le chapeau rond couleur mandarine, les épaules fines, la taille mince serrée par la ceinture. Il dit avec précipitation :

— Mes parents ne viendront pas vendanger chez vous, cette année.

Elle s'arrêta, le fixa de ses yeux verts, frissonnants. Il ajouta, avec une grimace douloureuse :

— Vous demanderez à votre mère si elle connaissait Peter Mills.

Une ride de perplexité se forma sur le front d'Amélie.

— Peter Mills ? murmura-t-elle.

La chaleur s'éternisait dans l'été de la Saint-Michel. La vie était arrêtée. Le soleil accroché au ciel écrasait les midis de ses rayons ardents. Les raisins survivants se gorgeaient de sucre. Mais les petits matins bleutaient de brume les lointains. Les corneilles en rentrant se coucher, le soir, dans la combe d'Armelle, se parlaient avec une paresse langoureuse.

Ange était désormais convaincu de connaître l'assassin de son père et des habitants de Fontfroide. Il s'interrogeait sur son propre courage. Allait-il prévenir la police ? Il disposait d'assez d'éléments et de preuves pour une réouverture d'enquête qui conduirait le criminel aux assises. Le malheureux Biel serait gracié à titre posthume. Il continuait ses visites à la vieille Ménie et lui confiait ses découvertes.

— Laisse, mon garçon, disait-elle. Il est trop tard.

— Il n'est pas trop tard pour la réhabilitation de Biel.

— Qu'est-ce que ça veut dire, réhabilitation ? Tu veux encore remuer ciel et terre et peut-être ramener du malheur ? Biel est mort, moi je vais mourir. Ce qui est important pour moi, c'est que je sache que mon Biel était propre. Laisse les morts enterrer leurs morts. Profite de la vie. Tu es beau comme un saint Jean-Baptiste.

Il se mit à rôder autour de Fontfroide. Il traînait au bord de la Charente et du Charenton. Il resta un après-midi de dimanche assis sur un moellon du canal de l'écluse à regarder l'eau monter et descendre dans la retenue d'eau, tandis que les gabarriers s'activaient autour des manivelles et des câbles. Ils entraient au café de l'écluse et ressortaient surpris de retrouver là, figé sur sa pierre, ce grand garçon blond aux yeux transparents comme l'eau de la rivière. Ils interrogeaient l'éclusier qui haussait les épaules.

— Il est là depuis la sonnerie de la messe à l'église de Martignac. Il a lu dans son livre de messe. Je ne sais pas s'il n'est pas un peu détraqué…

Quelque chose d'étrange se passait dans le cœur d'Ange. Les lettres de son père à sa mère avaient cicatrisé certaines blessures. Il était assuré d'être l'enfant de l'amour. Il relisait un billet chaque soir avant de s'endormir ; et il sombrait dans un sommeil sans rêve. Il attendait maintenant un signe, quelque chose, sûr que son père ou sa mère lui offrirait sa victime. Il s'adonnait à son travail avec ardeur depuis le départ de Corrézien. Son oncle le félicitait :

— C'est bien, le métier rentre. Quel dommage qu'on n'ait pas plus de travail ! Mais cesse, mon cher petit, d'avoir l'esprit toujours parti comme ça.

Ange n'avait pas montré à son oncle les lettres de Peter Mills.

. . .

Il guetta, un soir, tapi dans les vignes mortes de Fontfroide, et vit sortir Calixte, le visage plus bouffi et plus rouge que dans son souvenir, tenant son chien en laisse. L'animal tira dans sa direction et Ange craignit d'avoir été éventé. Mais Calixte entraîna le chien sur le chemin des Rivières. Ange se précipita sur la main de fatma. Jacquet vint ouvrir et ne cacha pas sa contrariété.

— Va prévenir ta maîtresse que je lui rapporte le coffret qu'elle m'a prêté !

Émilienne parut beaucoup plus craintive que lors de sa première visite. Elle glissa le coffret sous son châle, en épiant la cour et le chemin, prête à refermer la porte.

— Vous avez peur de lui, dit Ange en avançant le pied.

Elle retint la porte en frissonnant :

— Non, je vous ai dit qu'il n'était pas méchant avec moi.

— Vous avez peur qu'il nous trouve en train de parler.

— Faites donc attention à vous ! dit-elle en repoussant le vantail.

Il s'introduisit, un autre soir, dans le clos de Fontfroide par le chemin du Charenton montré par Louisette. Il marcha sur le trottoir au bord de la fontaine, écouta l'eau parler à la martelière et s'approcha d'un peuplier qu'il embrassa. Il s'agrippa au tronc et reprit ce que faisait autrefois Biel : il monta lentement dans l'arbre. Les feuilles jaunes pleuvaient. Un brouillard de plus en plus dense engluait les soirées. Il observa d'en haut le jardin, les lauriers-cerises, la maison qui s'enfonçait dans le noir de la nuit et le gris de la brume. Il entendit le chien aboyer et secouer les grilles du paddock, devina la silhouette de Calixte, sorti sur la terrasse.

— Qu'as-tu, Brigand ?

Le chien se tut. La porte se referma. Ange glissa sur la margelle de la font en repartant.

Il revint le lendemain prendre sa faction à son poste d'observation. Il aima les plaintes des troncs, le chuchotis dans les branches et la pluie silencieuse des feuilles. Elles décollaient par bandes, s'encourageant à l'envol. La brume s'appesantissait sur la vallée, charriant des odeurs de fumée. Il vit une lampe à la fenêtre d'Émilienne. Elle tira ses volets. Il se pencha, en s'en allant, sur l'œil de la fontaine. La fumée qui l'enveloppait se dispersa. Il vit les étoiles et la lune dans son cristal noir.

La soirée très douce du surlendemain le ramena. Le brouillard n'était qu'une haleine violette entre les peupliers, une transpiration de la terre chauffée par le soleil. L'humus du clos était souple sous les souliers. Ange enlaça son peuplier... Des moineaux nichant dans la tonnelle de lauriers-cerises pénétraient le feuillage par vols entiers, comme des flèches. Calixte venait derrière ses deux chevaux de trait rouges attelés à un palonnier. Un domestique les conduisait par la bricole. Ils longèrent l'entrée principale, les murs, jusqu'au portail de derrière. Ils ne parlaient pas, marchaient tête basse, harassés. Ange se rappela avoir appris que Calixte avait commencé d'arracher à Bois-Dupont. Une vive bouffée de joie l'envahit. Et puis il n'en fut pas plus fier que ça.

Les bruits de la vie ordinaire moururent. Le portail de la cour de derrière se ferma en pleurant. Ange vit Félix Bourdarot s'en aller en tirant sur sa cigarette. Il attendit jusqu'à ce que chaque arbre rappelle une bête aux aguets. La lune rétrécie n'était plus qu'un croissant.

Il était juché debout sur une branche fragile, le bras autour du tronc. La branche fléchissait sous son poids. Il était comme un épervier sur le point de s'envoler et de fondre sur sa proie. Fontfroide dressait son ombre opaque et sa tour se découpait dans le noir.

Il descendit souplement, sans effort. La fontaine murmurait avec de brusques éclats comme des rires d'enfant. Il posa le pied sur la terre souple. Et il entendit aussitôt un grognement satisfait. Il se retourna. Il aperçut à la clarté de la lune et des étoiles, entre les troncs, la silhouette énorme du chien que son maître lâchait. La bête se trouvait à cinquante mètres. Ange en avait deux cents à parcourir pour sauter le fossé du clos de Fontfroide. Il fonça. Le chien bondissait derrière lui avec des foulées de trois mètres.

Il longea la fontaine. Il entendait derrière le bruit des bonds du chien sur les feuilles. Il sauta le fossé, courut sur le chemin au bord du Charenton, se crut sauvé, se retourna. Le halètement du chien arrivant par le travers le surprit. Il s'arrêta, prêt à en recevoir le choc.

Ange entendit un bruit de chute, comme un effondrement de branche sur les herbes, subitement suivi d'un bourdonnement intense. Le chien se mit à courir en donnant de violents coups de mâchoire dans le vide, fit demi-tour, fila en hurlant vers le clos. Ange se rappela les ruches du père Charbonnier. En prenant par le travers, le chien en avait renversé une. Les abeilles s'étaient ruées sur lui.

L'animal voulant rejoindre son maître effectuait des sauts désespérés autour de la fontaine pour se débarrasser du nuage vibrionnant qui ne le lâchait pas. Ange le vit soudain ployer l'échine en pleurant dans un rayon de lune, se coucher et, dans un ultime soubresaut, se jeter dans le bassin pour y trouver refuge.

Les abeilles déroutées vrombirent sur les eaux, cherchant leur proie. Leur nuage s'étira. Une première vague rebroussa chemin vers les ruches. Les autres allaient suivre. Mais quelques-unes rencontrèrent l'homme qui s'était approché avec la laisse du chien. Calixte battit des bras. Le nuage se déplaça vers lui. Il appela à l'aide, courut à la fontaine, et s'y précipita à son tour.

Ange attendit que le silence revienne, que le murmure de la martelière avec ses éclats de rire redonne de la voix, pour sortir de l'ombre. Une abeille voletait encore au bord de la margelle, aussi pacifique qu'une mouche. Le cadavre de Brigand flottait à la surface, couché sur le côté, la gueule béante. Calixte était agrippé au bord, les yeux révulsés, tétanisé. Ange se pencha vers lui.

Il le prit sous les bras, souleva son corps lourd congestionné par l'eau glacée. Calixte était dans l'incapacité de l'aider, ni des bras ni des jambes. Ange s'agenouilla et l'embrassa, collant contre lui ces quatre-vingt-quinze kilos qu'il sortit de l'eau en même temps qu'il se releva. Il le porta en trébuchant à travers le clos, trouva entrouverte la petite porte du jardin par où Calixte avait surgi avec son chien. Ils entrèrent sous la tonnelle de lauriers-cerises, gravirent les marches de la terrasse de derrière où les cyprès nains, en pots, exhalaient leur essence de résineux. Il frappa du pied contre la porte close, appela. Émilienne vint enfin, après qu'il eut crié, tambouriné si fort que Clément Bouillas, le domestique qui habitait avec sa femme la petite maison de la cour de la ferme, arriva en même temps qu'Émilienne.

Ange, aidé de Clément, porta son fardeau dégoulinant à travers le corridor, gravit l'escalier, demanda à Émilienne de lui ouvrir la chambre de Calixte. Ils ne lui laissèrent pas le temps d'ouvrir le lit et le déposèrent sur la courtepointe, mouillé, sale, en souliers boueux, inconscient.

— Mon Dieu, qu'est-ce qu'il faut faire ? demanda Émilienne, affolée.

Ange se tourna vers la cheminée fermée par un panneau de tapisserie.

— Allumer du feu, d'abord.

Il interrogea Bouillas :

— Vous savez où est le bois ?

Clément Bouillas hocha la tête et, enfonçant son béret jusqu'aux oreilles, s'apprêta à sortir. Ange l'arrêta :

— Non, vous m'y conduisez. Vous, vous allez atteler, et chercher le médecin à Châteauneuf.

Ange lança un coup d'œil vers le lit et ajouta à voix basse :

— Pendant que vous y êtes, vous feriez bien de passer chez le curé à votre retour.

Il monta du bois, craqua une allumette. La femme de Clément Bouillas avait rejoint Émilienne et l'aidait à déshabiller son maître. Émilienne parlait sans cesse pour se débarrasser de son angoisse :

— Regarde ses souliers, ils sont pleins d'eau. Les couvertures sont mouillées, il va falloir les changer.

Elles l'essuyèrent, le couchèrent entre des draps secs, aidées par Ange qui obéissait à l'autorité de la femme Bouillas, adroite au maniement des choses. Elle se tourna vers Ange.

— Tu es tout mouillé, toi aussi ! Tu vas attraper du mal !

Il haussa les épaules. Son pantalon et sa chemise fumaient au feu de cheminée.

— Émilienne, apportez-lui une chemise et une culotte de votre mari !

— Les manches et les jambes seront trop courtes !

— Qu'est-ce que ça fait ?

Ange sentait en effet la glace de la fontaine le pénétrer, même devant le feu. Il se cacha derrière le fauteuil d'acajou de Calixte pour enfiler la culotte de velours qui lui arrivait au-dessus des chevilles. Émilienne était descendue ouvrir le portail de la cour pour le médecin. La femme Bouillas s'était assise au chevet du blessé. Ange, torse nu, venait d'enlever sa chemise.

— Regardez ! s'écria la femme Bouillas. Il ouvre les yeux !

Les paupières, bouffies de piqûres d'abeilles, s'étaient écartées, laissant filtrer la lueur d'une prunelle vivante. Ange s'approcha :

— Vous m'entendez ?

Calixte ne répondit pas. Mais Ange se sentait fouillé par cette lame d'yeux qui ne le lâchait pas. Il enfila la chemise. La poitrine du blessé soulevait les draps. Le médecin entra et, avec lui, une forte odeur de médecine. C'était un petit homme à barbiche et chapeau gris. Il posa son sac sur le guéridon, tendit son manteau, pria ceux qui n'étaient pas de la famille de sortir. Émilienne demanda à la femme Bouillas de rester. Ange, Bouillas, Jacquet, qui s'était levé, descendirent dans la cuisine. Le curé arriva enveloppé dans une grande cape noire. Ange l'en débarrassa, et le prêtre lui tendit son chapeau qui couvrait son épaisse chevelure blanche et bouclée. La femme Bouillas redescendue ranimait le feu, y poussait le pot de café en soupirant :

— Je crois qu'il est perdu. Le médecin parle de congestion. Il n'a rien pour soigner les piqûres d'abeilles. Elles l'ont piqué partout, même à travers les vêtements. Il dit qu'il n'a pas fini d'enfler.

Le père Guignabert enfila son surplis, baisa son étole. Le médecin descendit, croisa le curé et échangea avec lui un regard.

— J'ai fait ce que j'ai pu. À vous, maintenant.

Le curé tendit à Ange le bénitier :

— Vous me servirez d'enfant de chœur.

Calixte Malajas avait encore enflé. Il était devenu méconnaissable. Il n'avait plus visage d'homme. La peau violacée de ses joues était tendue comme un ballon. Sa respiration émettait un bruit de sifflet strident. Le curé inclina sa longue silhouette vers le lit, approcha sa figure rougeaude de l'oreiller de Calixte. Il gardait toujours les paupières rapprochées comme s'il regardait au-delà de ce qu'il voyait. Il posa sur le drap une large main aux doigts déformés, ordonna d'un signe à Ange de rester auprès de lui, et s'adressa à Calixte d'une voix à la fois douce et solennelle :

— Tu vas te trouver devant ton juge, Calixte. Qu'est-ce que tu vas lui dire ?

Calixte restait aveugle et sourd.

— Calixte ! reprit le prêtre, la voix plus autoritaire. Calixte, je sais que tu m'entends ! Ce n'est plus l'heure de se raconter des histoires. Tu arrives au bout de ton chemin sur la terre. À toi de savoir ce que tu veux faire de ton éternité. Il ne va plus être question de mentir ou de raconter des histoires en présence de Celui qui sait tout. Calixte, il n'est pas trop tard pour régler les comptes avec le bon Dieu ! Calixte ! insista-t-il, en sueur, une mèche de ses cheveux blancs lui collant sur la tempe, tu vas retrouver Angéline ! Qu'est-ce que tu vas lui dire ? Je sais que tu n'as pas le cœur aussi dur que tu voulais le faire croire…

La bouche de Calixte s'ouvrit et un flux d'eau en jaillit. Le prêtre prit le coin du drap et lui essuya la bouche et la gorge avec des gestes délicats.

— Mon pauvre ami ! soupira-t-il.

Les paupières de Calixte palpitèrent. Ses doigts bougèrent sur le drap. Ils trouvèrent le bras du curé et le serrèrent. Le trou de sa bouche s'ouvrit et il dégurgita encore un peu d'eau.

— Ses lèvres bougent, murmura Ange, on dirait qu'il veut parler.

Le curé Guignabert approcha son oreille.

— Comment ? Tu veux qu'on aille chercher quelqu'un ?

Calixte articula :

— Félix Bourdarot.

Ange appela Émilienne, qui appela Bouillas, et lui demanda de descendre au Moulin-des-Rivières. Le feu de la cheminée entretenait une chaleur d'enfer. Ange se leva mettre la fenêtre à la poignée pour laisser entrer un peu d'air. Les paupières gonflées de Calixte s'écartèrent au prix d'un effort sans doute surhumain, un filet de regard filtra. La prunelle bougeait. Les paupières se refermèrent dans un râle qui signifiait combien la lutte était insupportable.

Émilienne s'était approchée avec la lourde lampe de porcelaine. La flamme dansait sur la peau boursouflée comme par un énorme abcès. La bouche à nouveau s'ouvrit, la langue y bougea :

— Tu triomphes… Tu es ici comme chez toi…

Ange comprit que Calixte s'adressait à lui. Il ne répondit pas.

Félix Bourdarot entra, se découvrit de sa casquette au pied du lit, comme pour une visite mortuaire. Il essuya son nez en concombre avec son grand mouchoir blanc. Un nœud de peuplier ronflait dans la cheminée. Il explosa en une gerbe d'étincelles. Les paupières de Calixte s'entrouvrirent péniblement. Ses prunelles vérifièrent la présence de Félix.

— C'est moi... qui ai tué tout le monde à Fontfroide et... (il reprit son souffle) Peter dans le train de Paris...

Félix Bourdarot, figé au garde-à-vous au pied du lit, triturait sa casquette en fixant le masque défiguré de son patron. Une rosée de sueur lui mouilla le front et commença de lui descendre sur le visage.

— Ce n'est pas toi qui as tué ceux de Fontfroide, dit-il sourdement, c'est moi.

Émilienne poussa un petit cri. Le râle de la poitrine de Calixte s'accéléra. Le vieux curé Guignabert s'assit au chevet.

— Je t'ai vu le soir autour de ton alambic miniature, Calixte, reprit Félix. Je savais que tu soupçonnais quelque chose entre Angéline et l'Anglais. Je suis entré dans la brûlerie, rappelle-toi, le jour où tu as rempli la flasque à cognac en argent de Peter avec la bouteille au col entouré de ficelle à rôti...

Les doigts gonflés de Calixte tremblèrent sur la couverture.

— Tu ne savais pas que le cognac... était empoisonné...

— Je ne l'ai pas compris, et ç'a été mon erreur... même quand tu nous as appris que Peter Mills était mort. Tu es parti à Paris. Fontfroide était déjà comme une tombe depuis que tu avais annoncé la nouvelle macabre. Angéline pleurait. Et j'ai entrepris de mettre de l'ordre, comme on le fait dans ces cas-là. Il y avait moins de travail dans les vignes. J'ai vu ta bouteille dans le chai au-dessus de ton alambic, avec cette ficelle à rôti autour du goulot. J'ai pensé que tu l'avais oubliée après avoir rempli la topette de Mills. Je l'ai rangée dans l'armoire avec les autres bouteilles. Angéline, ou ma Brigitte, est venue la chercher et l'a versée dans la daube, par accident...

Un sanglot l'arrêta. Il plia sa casquette froissée, la déplia comme si elle renfermait une part de la vérité.

— Asseyez-vous, dit Ange, qui lui approcha une chaise en le voyant chanceler.

Félix Bourdarot s'assit, les coudes sur les cuisses, regardant ses mains qui continuaient de malaxer sa casquette. Ange resta debout. Il tourna sur lui-même au milieu de la chambre dans la culotte de velours et la chemise de grosse toile trop courte de Calixte comme s'il cherchait de l'aide. Il rougit soudain jusqu'à la pointe des oreilles.

— Je n'arrive pas à supporter cette idée qu'ils sont tous morts à Fontfroide par erreur ! s'écria-t-il. C'est une histoire de fou ! Je préférerais que, comme mon père, ils aient été assassinés.

La lumière dansante du feu de cheminée agitait l'ombre de sa longue silhouette sur le mur. Il éclata d'un rire grinçant, nerveux, qui s'étrangla. Des larmes roulèrent dans ses yeux tandis qu'il appelait du regard le curé Guignabert à son secours. Le curé demeurait immobile, la figure rouge, les mains à plat sur la soutane : rien ne le surprenait plus en ce bas monde.

— Ce n'est pas possible, fit Ange en se frappant le front, c'est trop absurde.

Félix Bourdarot hocha la tête :

— Si, c'est possible, et c'est ma faute !

— Mais quand vous êtes rentré de la foire de Rouillac, le soir de la tuerie, vous avez pris votre fusil ! Vous vouliez tuer Calixte. Vous jouiez la comédie ?

— J'avais perdu la tête. Sous le coup de la colère, j'ai cru que c'était Calixte. Et puis quand j'ai été à genoux devant le lit de ma petite Brigitte qui ne se réveillerait pas, je me suis rappelé la topette de cognac donnée à l'Anglais. Je suis allé dans la cuisine. J'ai vu la bouteille avec la ficelle à rôti dans le placard. Je suis allé retourner la terre du jardin, là où j'avais vu Calixte enterrer quelque chose, et j'ai trouvé des rats auxquels il avait fait subir le même sort qu'à ceux de Biel, et j'ai tout compris : il avait empoisonné Peter Mills, et moi, par bêtise, j'avais mis le cognac au cyanure à la portée des femmes, qui l'avaient versé sans savoir…

— Quand les gendarmes ont arrêté Biel, interrogea le curé, vous n'avez rien dit.

— J'avais eu trois jours pour parler. L'arrestation de l'idiot arrangeait tout le monde. Le bon Dieu m'a puni en me laissant vivre dans le remords jusqu'à aujourd'hui.

Félix Bourdarot ballotta son crâne chauve et ridé à droite et à gauche :

— C'est ma bêtise qui les a tous tués…

La bouche de Calixte s'entrouvrit. Sa mâchoire inférieure trembla :

— C'était… un accident… tu ne m'as rien dit…

— Non, dit Félix, sourdement. Angéline aimait cet Anglais comme on n'aime pas sur la terre, et tu l'avais tué. Tu étais responsable de la mort de tous les autres à cause de ta méchanceté et de tes manigances de sorcier. Il fallait que tu paies !

— Ils avaient décidé de partir en Égypte, ajouta Ange.

La langue de Calixte émit un clapement de ventouse. Et ils virent, muets, sourdre une larme au coin de la paupière de cet homme détruit par les abeilles.

— Vous aimiez Angéline ? murmura le prêtre.

— Elle était… ma femme.

— Vous aviez volé de l'acide prussique à Biel, poursuivit Ange.

Les prunelles le cherchèrent :

— La formule… les gendarmes n'ont pas trouvé… j'ai fabriqué le cyanure avec les lauriers-cerises… tu trouveras le livre sur l'étagère de l'alambic.

Il laissa échapper un profond soupir comme une baudruche qui se dégonfle. Ils crurent qu'il ne parlerait plus. Le vieux Félix avait sorti son mouchoir et s'épongeait le front, le regard hébété.

Calixte s'agita, essaya de se redresser en poussant un cri de souffrance. Émilienne lui dit, en caressant l'oreiller :

— Calme-toi. Tu te fais mal. Ne t'énerve pas.

Il ouvrit plus grand les yeux, dans sa lutte de géant contre l'ennemi invisible.

— Tu es bien le fils d'Angéline…

— Pourquoi ? demanda Ange, étonné.

Calixte ricana.

— Tu as sous le sein gauche… une tache ressemblant à un oreillon de pêche…

C'était la raison pour laquelle il avait regardé Ange si fixement lorsqu'il était torse nu. Ange écarta la chemise et découvrit l'angiome lie-de-vin, de la grosseur d'un oreillon de pêche.

— Les abeilles t'ont protégé… Toutes ces morts pour rien… Je te donne Fontfroide, et tout… à condition que tu prennes soin d'elle…

Sa tête se tourna vers Émilienne. Il se vida d'air à nouveau, et ils crurent que c'était son dernier souffle. Il ferma les yeux, les rouvrit, guettant une réponse d'Ange. Ange hésita, regarda Émilienne, le curé Guignabert, Félix ; il hocha la tête. Les paupières de Calixte se refermèrent. Le curé Guignabert murmura :

— C'est bien, Calixte. Tu pourras te présenter devant Angéline. Elle sera contente.

Et puis, debout, la main levée, il récita les paroles sacrées : *Ego te absolvo a peccatis tuis*…

Quand il eut prononcé les derniers mots, Calixte avait passé.

15.

Ange est allé plus tard dans la brûlerie de Fontfroide. Il a vu l'alambic miniature, fabriqué à l'échelle, et chauffé par une lampe à pétrole. Calixte l'avait commandé, comme un jouet, à Besse, le chaudronnier. Le livre d'alchimie était là-haut sur l'étagère à console, ainsi que Calixte l'avait indiqué, parmi des fioles curieuses, des éprouvettes, des flacons cachetés à la cire. Il s'est ouvert tout seul à la page du laurier-cerise, nom courant du *Prunus laurocerasus*, arbre de la famille des rosacées, originaire d'Asie Mineure. Il a lu : *L'acide cyanhydrique se trouve tout formé dans les eaux distillées de laurier-cerise. C'est un liquide limpide, de densité 0,7, ayant l'odeur d'amande amère, soluble dans l'eau et l'alcool. C'est un poison des plus violents : 5 centigrammes suffisent pour tuer un homme. Il n'existe pas de contrepoison.* Suivait la formule chimique de l'acide, sa découverte par un savant suédois, le procédé de production à partir d'une banale distillation de feuilles de laurier.

Calixte était encore couché dans son lit, le nez pincé, les chairs dégonflées répandues de part et d'autre de l'os saillant de la mâchoire, lorsque les rares visiteurs de la maison du mort ont entendu les coups de hache et le sifflement du va-et-vient dans le jardin. Ange et Félix, le vieux aussi acharné que le jeune, abattaient la magnifique tonnelle de lauriers qui était la parure du jardin de Fontfroide. Ils attaquaient la tonnelle en enfilade et abattaient systématiquement les arbres, les uns après les autres. Les lauriers-cerises s'effondraient avec un craquement sinistre, en poussant un dernier grand soupir. Les deux bûcherons n'en éprouvaient aucun remords. Ils s'attaquaient aux branches à la hache et à la serpe, les débitaient en bois de chauffage. Ils avaient allumé un feu où ils jetaient les brindilles et les larges feuilles vernies qui brûlaient en dégageant une épaisse fumée odorante.

Ange et Félix ont arraché ensuite les racines à la pioche. Ange a traqué au fer les plus petites radicelles dans la terre et dans les fissures de la roche, à la recherche de l'odeur caractéristique d'amande amère. Le livre disait que l'hydrogène de la pluie sur le laurier suffisait parfois à déclencher le processus de fabrication de l'acide et qu'il n'était pas bon de s'y abriter. Ils ont ensuite bouché les trous à la pelle et étalé la terre noire au râteau, comme sur une tombe.

Émilienne a entendu du bruit, le soir de l'enterrement de Calixte. Le vent s'était levé et il hurlait de toutes ses forces dans les ramures des peupliers. Son ressac venait battre contre la maison et couvrait tout le reste. Elle a pensé que le chien ne l'avait pas alertée, et puis elle s'est rappelé qu'il était mort. Elle a aperçu de la lumière dans le chai, et elle a eu peur de sortir. Elle est allée chercher Jacquet.

Ils ont vu Ange à travers les carreaux. Il avait brisé sur le sol les bouteilles de mixtures élaborées par Calixte. Leur jus aux couleurs étranges traçait sur le sol de bizarres géographies. Il avait jeté le petit alambic sur les dalles et il l'écrabouillait à violents coups de masse. Le cuivre se tordait comme un vulgaire fer-blanc de boîte de conserve. Les larges épaules d'Ange étaient agitées par la houle des muscles sous la chemise, et il criait en frappant, accompagné par la déferlante du vent :

— Ma mère ! Ma mère !

Ange a reçu ses parents Gaborit pendant trois jours à Martignac, avant Noël. On les a vus arpenter les terres de chaque côté de leur grand fils. Lui était décharné, la figure osseuse, trop maigre. Il marchait un peu de côté, déformé par les travaux pénibles. Elle était petite, toute grise et grosse, épaissie par les enfantements. Ange aurait voulu les garder avec lui. Il leur proposait de rester pour l'aider au travail de Fontfroide. Il a insisté, a comparé sa grande maison et leur misérable borderie de Saint-Pierre. Le père s'est dressé, sans colère, l'a regardé de ses yeux sombres et profonds, exactement comme l'aurait fait le grand-père Salomon.

— Tu es notre garçon, notre seul fils. Tu es chez toi, ici. Tu es maintenant assez fort et assez grand, et c'est tant mieux. N'oublie pas notre communauté. Elle a peut-être encore besoin de nous, elle nous attend. Resteras-tu fidèle à notre religion ? J'en doute. Je sais que ce sera difficile, tout seul. Moi, quand je suis parti de la maison, le matin de mon mariage, mon père m'a accompagné dans la cour, il m'a dit : « Je n'ai prêté qu'un serment essentiel dans ma vie : j'ai juré à mon père de toujours rester fidèle à la foi de ma famille. » Je lui ai fait le même serment. Nous ne possédons rien, nous autres. Nous n'avons que cela, la fidélité. Tu ne veux pas nous l'enlever ?

— Je ne veux rien vous enlever, père. J'aimerais seulement vous garder avec moi.

Son père, décontenancé, a réfléchi longuement et cherché ses mots. Il voulait prononcer des paroles profondes comme on lui en demandait à la chapelle de Saint-Pierre lorsqu'il dirigeait la prière :

— Fils… ta fidélité à toi… ce sera de construire ce que tes parents n'ont pas eu la chance de réussir… C'est pourquoi les générations se succèdent. C'est pour cela que le printemps vient après l'hiver, depuis la nuit des temps ! Nous devons essayer de faire mieux que ceux qui nous ont précédés, et si nous n'y arrivons pas, c'est le devoir de nos enfants. Faire le mieux possible, on ne nous demande rien d'autre… Nous avons passé l'âge de la nouveauté, ta mère et moi. Nous n'arriverions pas à nous habituer à cette nouvelle vie, même si quelquefois l'envie ne nous en manque pas…

Il est resté la bouche ouverte, comme s'il s'était rendu coupable d'un sacrilège. Ses lourdes paupières ont battu, et il est demeuré immobile, stupéfait des paroles qu'il venait de prononcer. Il a dévisagé Ange qui a compris combien la fidélité pouvait être parfois lourde à porter. Ange a hoché la tête en souriant avec tendresse. Son père a posé sa main calleuse sur le bras d'Ange, et s'y est appuyé :

— Mon fils…, a-t-il répété avec un tremblement.

Sa voix s'est étranglée et il n'a rien ajouté de plus. Il a tourné la tête vers sa femme. Elle a baissé les yeux, ses yeux meurtris noyés de larmes, et elle a laissé échapper un sanglot.

Ange les a raccompagnés à la gare de Châteauneuf. Il leur a crié à la portière :

— Je viendrai bientôt en Vendée !

Le père a agité son rabalet. Ange a pensé à ce moment-là : « Je ferai aussi le voyage d'Angleterre. »

Ange a traversé le bourg de Martignac à pied, un après-midi de décembre après leur départ, habillé comme le premier jour, en veste ronde et petit gilet de laine blanche, le rabalet sur la tête. Thaïse et Joséphine, derrière leur mur, se sont demandé où il s'en allait, encore ainsi accoutré. Il s'engageait dans l'allée de sapins des Boissière lorsque, par une de ces coïncidences qui sont un signe du destin, Amélie a surgi sous les cèdres avec son cabriolet. Ils ne s'étaient pas vus depuis la mort de Calixte. Elle a arrêté son cheval, et il lui a dit :

— Je m'en allais chez toi.

Les deux sœurs les ont vus descendre dans le bourg, côte à côte, sur le siège du cabriolet. Ils ne se parlaient pas. Ils étaient tous les deux un peu pâles, selon les deux vieilles, malgré l'air vif qui les fouettait. Elle portait une tenue d'amazone à brandebourgs qui faisait fureur, disait-on, à Paris. Le chapeau tenu par une bride de soie double partant de la nuque lui enchâssait le visage.

La voiture a longé l'église au petit trot dans le vent bleu d'hiver. Ils ont franchi le pont sur le Brassiaud. La brume de la soirée dorait la prairie. Amélie a parlé la première, en tenant ferme les guides entre ses mains gantées.

— Ma mère aimait beaucoup Peter Mills. Quand elle t'a vu à la gerbaude, ta ressemblance avec lui l'a frappée.

— Elle n'a pas imaginé que ce pouvait être son fils en veste ronde et chapeau rabalet !

Amélie a souri, et Ange à son tour. Le cabriolet a pris le chemin qui remonte jusqu'à la pointe de Richteau. Les arbres dépouillés laissaient voir à présent les maisons sur la hauteur de Tourtron. Les communaux étaient désertés par les vaches, en cette saison. Elle lui a dit :

— Oh ! j'ai été malheureuse lorsque j'ai appris que tu t'étais battu à cause de cette fille !

Il a levé les yeux au ciel où se poursuivaient les nuages, et lui a répondu d'une voix sourde :

— Oui, je suis allé avec Louisette. Je sais que je ne te mérite pas.

Il a avalé sa salive, a enlevé son rabalet. Le vent a fouetté ses cheveux, et le duvet doré, soyeux, de ses favoris a frissonné.

— Je ne suis pas très recommandable. Mon père a été assassiné, ma mère est morte absurdement empoisonnée. Je suis Ange Gaborit, le dissident, mais aussi Ange Mills, officiellement Ange Avril. Je ne suis pas sûr de ce que je pense…

Elle a murmuré :

— Mais nous en sommes tous là…

Elle a arrêté son cheval à mi-chemin de Richteau.

L'animal a reniflé, inquiet des guides relâchées sur sa croupe. Elle a ajouté :

— Ange, je t'attendais.

Il l'a regardée. Il s'est aperçu qu'elle avait le visage plus ferme qu'il ne l'imaginait, la bouche forte, le menton volontaire. Un sourire tremblait aux coins de sa bouche. Elle était vraiment très belle, les yeux verts scintillants d'éclats de miel sous l'énergie de la chevelure châtaine jaillie du chapeau. Il s'est défendu comme s'il voulait la décourager :

— Je ne suis pas sûr de t'apporter le bonheur. Est-ce que tu t'imagines la vie que j'ai à te proposer ? Es-tu prête à vivre à Fontfroide en compagnie de tous ces morts ? La Charente est en pleine décrépitude. Les vignes vont continuer de crever.

Elle a posé sa main gantée sur la jambe d'Ange, convaincue de sa force de femme.

— Est-ce que ce n'est pas ça, vivre, Ange ?

Il a battu des paupières, désorienté. Elle a ajouté en secouant la tête, toute fluette auprès de ce grand garçon solide aux poings énormes et à la peau très blanche :

— Vivre, c'est lutter comme tu l'as fait déjà...

Ils se sont regardés dans les yeux. Elle a soutenu son regard sombre, désespéré, et elle l'a vu lentement s'éclairer, tourner au bleu de porcelaine qu'elle aimait. Le cheval s'était remis à marcher sans attendre les ordres. Ils se sont souri. Ange a éclaté de rire et a dit :

— Mon père a laissé des lettres où il écrivait à ma mère : *Il y a entre nous une exceptionnelle communauté d'âme !* ... C'est beau, n'est-ce pas ? La formule peut s'appliquer à nous...

Les ailes du nez d'Amélie ont frissonné. Ange a fait tourner son chapeau sur son poing fermé.

— Calixte Malajas n'avait pas laissé de testament. Le notaire a reconnu que les dernières paroles d'un mourant devant témoin ont valeur de testament. Le curé Guignabert et Félix Bourdarot ont témoigné. On parle d'un porte-greffe américain résistant au phylloxéra. Bien sûr, il faudra tout arracher et replanter. Cela demandera du temps. Mais on a de l'eau-de-vie. Les vieux stocks permettront d'attendre de nouvelles récoltes.

Ils sont arrivés à la pointe de Richteau. La rivière grossie par les pluies de novembre glissait devant eux avec de profonds soupirs. Elle se heurtait à la berge du chemin et repartait en houle musculeuse avec des bruits de bouche après avoir mordu la rive. Ils se sont empli les yeux des remous. Amélie a mordu son gant, l'a retiré.

— Donne-moi ta main !

Leurs deux mains se sont jointes, la longue main rugueuse, déjà épaisse, d'Ange, et celle fine, douce, d'Amélie. Elles se sont liées, emmêlées, serrées, réchauffées, caressées. Il a respiré la délicate odeur de lilas de son amoureuse, s'est baigné dans ses yeux couleur des roseaux qui frissonnent au milieu du fleuve.

— Tu me fais rêver…

Elle a secoué la tête.

— Tu ne rêves pas, Ange.

Elle a laissé continuer le cheval à son pas sur le chemin du bord du fleuve, les guides frôlant sa croupe sensible. Les vagues clapotent contre la rive et rejoignent le grand courant qui galope au milieu. Une vieille barque est enfoncée dans la rivière entre deux saules. Le vent caresse la fourrure d'herbes hautes des berges et saute sur le pelage ras de la prairie.

Quand ils ont rejoint le pont en dos-d'âne du Petit Royan à l'extrémité de la prairie, le jour s'éteignait. La lumière lilas devenait violette. Ils ont pris le chemin de Fontfroide.

L'Épinay,
mars 1998 - novembre 1998.

TABLE

La force de l'amour

Les saisons de Vendée

Yves Viollier

Orphelin, né de père inconnu, Augustin est fort comme pas deux, surdoué en calcul et doté d'un fier caractère. Il décide d'être paysan. D'abord valet de ferme, Augustin gravit un à un les échelons et devient maquignon. Son amour pour Élise le porte. Institutrice, elle est la fille de riches propriétaires terriens. Ensemble, ils doivent vaincre les préjugés. Alors que leur mariage est annoncé, Augustin reçoit la visite du médecin qui l'a mis au monde. Celui-ci lui annonce une terrible nouvelle…

(Pocket n° 10186)

La ferme maléfique

La Malvoisine

Yves Viollier

Tous ceux qui approchent la ferme de La Malvoisine, là où rôde la “male bête”, sont touchés par le mauvais sort… C’est d’abord Eugène qui est emporté par la tuberculose. Puis Arsène se tue pendant les moissons et Petit Maurice, âgé de six ans, ressent d’étranges douleurs avant de succomber à un mal mystérieux. La mort et l’angoisse rôdent autour de La Malvoisine. Armand, le dernier survivant, vit désormais seul dans la ferme désertée… jusqu’au jour où il rencontre la belle Odile…

(Pocket n° 10446)

Achevé d'imprimer sur les presses de

BUSSIÈRE

GROUPE CPI

à Saint-Amand-Montrond (Cher)
en novembre 2001

POCKET - 12, avenue d'Italie - 75627 Paris Cedex 13
Tél. : 01-44-16-05-00

— N° d'imp. 14614. —
Dépôt légal : décembre 2001

Imprimé en France